LE FAUTEUIL HANTÉ

GASTON LEROUX

Le Fauteuil hanté

PRÉFACE DE LACASSIN

LE LIVRE DE POCHE

Préface

GASTON LEROUX

RÉNOVATEUR DU ROMAN POPULAIRE

On appelle les membres de l'Académie française : les Immortels. Mais ils ne bénéficient pas pour autant d'une longévité supérieure au commun des mortels.

Feu le capitaine de vaisseau Maxime d'Aulnay (auteur du *Voyage autour de ma cabine*), feu Jean Mortimar (le poète des *Parfums tragiques*), et feu Martin Latouche (érudit compilateur d'une *Histoire de la musique* en cinq volumes) peuvent même témoigner du contraire. Les deux premiers ont été foudroyés alors qu'ils prononçaient leur discours de réception à l'Académie, et le troisième est mort brutalement la veille de la cérémonie.

Circonstance troublante : ces trois bénéficiaires d'une immortalité fragile ont été successivement élus au même fauteuil, celui de Mgr d'Abbeville.

La Babette, gouvernante du regretté Martin Latouche, en apprenant l'élection de son maître avait tenté de le mettre en garde. « *On ne meurt pas comme ça, tout d'un coup au même endroit, en disant quasiment les mêmes paroles, à quelques semaines de distance, sans que ça ait été préparé.* »

Vaine mise en garde, que Gaston Leroux prend soin de mettre en italique, tout comme les deux avertissements adressés par lettre anonyme aux deux prédécesseurs de

Latouche, au moment même où ils allaient prendre la parole sous la Coupole. « *Il est des voyages plus dangereux que ceux que l'on fait autour de sa cabine* », était-il écrit au capitaine de vaisseau d'Aulnay. Le délicat poète des *Parfums tragiques* était averti que « *Les parfums sont quelquefois plus tragiques qu'on ne le pense* ».

Devant ces trois morts subites, le bon sens populaire ne tarde pas à souffler à l'opinion publique que le fauteuil de Mgr d'Abbeville porte malheur à tous ceux qui tentent de s'y asseoir. La situation devient alors inextricable (que le lecteur se rassure, elle est impossible dans la réalité) : l'Immortalité est bafouée, humiliée, dédaignée, car personne ne veut plus être candidat à l'Académie française.

« *Quelle honte si l'Académie n'avait plus que 39 fauteuils!* »
« *Les trente-neuf!* »
« L'immortalité avait diminué d'*UN*. »
« Et cela avait suffi pour la rendre à tout jamais ridicule (...) Si l'Immortalité avait eu des cheveux – mais elle est généralement chauve – elle se les serait arrachés. »

Par bonheur, un brave brocanteur-encadreur, se disant antiquaire et auteur d'un livre sur *L'Art de l'encadrement*, vengera l'Immortalité bafouée en posant sa candidature au fauteuil maudit. Il rompra la malédiction en donnant du mystère une explication plus rationnelle... mais pas pour autant banale!

Pour commencer, le brave M. Lalouette lève l'hypothèque du Sâr. Un ancien marchand d'huile d'olives devenu mystagogue que d'aucuns tiennent pour le coupable : sous prétexte qu'il a été évincé de ce fauteuil et, que, depuis, il demeure introuvable. M. Lalouette le retrouvera, lui; il aura la preuve que le Sâr Eliphas de Saint-Elme de Taillebourg de la Nox est innocent, tout dépit mis à part, des crimes qu'on lui prête. Mais plus mystagogue que jamais, le Sâr décoche au brocanteur-enquêteur cette sentence fulgurante : « *Ça n'est pas une raison parce que je ne suis pas un assassin pour qu'il n'y ait plus d'assassins sur la terre.* »

Fulgurante certes, et d'une logique inexpugnable; elle fait écho à une autre sentence en italique proférée dans *La Poupée sanglante*, par le relieur Bénédict Masson quand on le surprend en train d'incinérer les débris d'une anatomie féminine. « *Ce n'est pas une raison parce qu'on découpe une femme en morceaux et qu'on la brûle dans son poêle, ce n'est pas une raison pour qu'on l'ait assassinée.* »

Le décor est posé, le drame installé. Il ne reste plus à l'auteur qu'à manipuler les phrases en italique pour griser le lecteur, le piéger, le précipiter à point dans cette situation aberrante où le fantastique ne provient pas de l'intervention du surnaturel, mais de l'interruption du naturel dans une situation surnaturelle. Telle est, en effet, la métamorphose à rebours subie par le mystère dans *Le Fauteuil hanté* !

Avec une grande habileté à embrouiller le lecteur afin de mieux l'étonner, Leroux feint de lui offrir une comédie de Labiche doublée d'une farce fantastique à la Méliès qui soudain se fondent en un roman policier à la démarche tout à fait cartésienne. On ne s'y attendait vraiment pas !

D'abord paru en feuilleton en 1909 dans le magazine mensuel *Je sais tout* (où il a été précédé en 1905 par *Arsène Lupin*), *Le Fauteuil hanté* est le cinquième roman de Gaston Leroux. Il en écrira vingt-neuf de plus jusqu'à sa mort (1927). En tout, trente-quatre romans qui totalisent quarante et un volumes.

Par son humour macabre ou tendre, ses répliques de théâtre, son art de la mise en scène, l'intérêt porté aux personnages secondaires, le goût de la démesure et l'imagination gargantuesque dont elle témoigne, l'œuvre de Gaston Leroux est l'incarnation même du roman-feuilleton au XXᵉ siècle. Ce procédé narratif, hérité de Schéhérazade, fondé sur un suspense ravivé de matin en matin (et non plus

de nuit en nuit) grâce à la presse quotidienne, ressuscite
vers 1840 avec *Les Mystères de Paris* et *Le Comte de Monte-
Cristo*, alors qu'on le croyait condamné par l'avènement de
la société industrielle. Ce genre littéraire trépidant conçu à
l'usage d'une société immobile, Gaston Leroux lui a
redonné vigueur et couleur, l'empêchant de mourir avec le
XIXᵉ siècle, le 2 août 1914, et réussissant à en prolonger
l'existence jusqu'à sa propre mort en 1927.

Pour y parvenir, Leroux a en quelque sorte sublimé,
grâce à son talent personnel, les défauts de ce genre
moribond dont le roman policier puis le roman d'espion-
nage se sont partagé les dépouilles. Conférant une démesure
au destin de ses personnages, il en a fait des monstres
accablés par la fatalité (*Chéri-Bibi*, cinq volumes de 1913 à
1925), des héros irrésistibles (*Rouletabille*, en neuf volumes de
1925 à 1927), des Cendrillons (ou plutôt des bohémiennes)
qui deviennent reines ou impératrices : *La Reine du sabbat,
Rouletabille chez les bohémiens, L'Épouse du soleil*.

Chez Leroux les princes en fuite, les princesses enlevées
sont encore accompagnés de géants, de nains ou d'ogres
mais il les a dotés d'attributs ou de rôles étranges destinés à
en renouveler la personnalité à défaut de l'aspect. Ainsi du
nain parallélépipède à cinq pattes (*La Reine du sabbat*),
roulant sur lui-même comme une roue, à la vitesse d'un
cheval. Ou le porteur invisible d'une boîte à musique qui
semble douée de pattes, et dont le « *grand grincement de
déclenchement dans la manivelle de la musique de l'air du crime* »
provoque la mort du quatrième candidat au *Fauteuil
hanté*.

Sous la plume de Gaston Leroux, les ogres se transfor-
ment en mauvais génies des empires qui chancellent (Ras-
poutine dans *Les Ténébreuses*), ou en bourreaux aveugles :
Karl-le-Rouge dans les yeux de qui une de ses victimes a
cousu la nuit avec des fils d'or (*La Reine du sabbat*). Mais

qu'importe, puisque les bons accéderont au pouvoir ou à la célébrité, les méchants finissent au bagne ou sont convoqués à une messe des morts dite à l'intention des participants promus au trépas à leur insu...

Remplaçant les larmes inépuisables du roman populaire par la cruauté, Leroux tempère celle-ci par l'humour noir ou la multiplication des prodiges. Au lendemain d'une représentation, un peu troublée, à l'Opéra, un journal quotidien peut titrer :

200 000 KILOS SUR LA TÊTE D'UNE CONCIERGE

C'est le poids du grand lustre qui s'est écrasé sur une malheureuse embauchée pour remplacer l'ouvreuse préférée du Fantôme de l'Opéra, par les directeurs assez inconscients pour le défier !

Leroux n'a pas manqué de jouer avec une habileté diabolique et savoureuse de l'un des gags favoris du roman populaire : l'ambiguïté des personnages. Elle se traduit de façon subtile par le partage d'une personnalité unique entre le bien et le mal et le plus souvent par l'usage d'une double identité.

Ainsi, dans *La Reine du sabbat,* le chef de la conjuration visant à démembrer l'empire austro-hongrois est-il le valet de chambre de l'Empereur à Vienne. Il exerce, dans le même temps, à Paris, la profession d'horloger et dirige la secte des « deux et quart ». (Les pendules sonnent, par leurs soins, deux heures et quart au lieu de minuit quand ils vont commettre un assassinat.) Cette activité simultanée d'horloger à Paris et de valet de chambre à Vienne procède d'une ubiquité qu'un exercice rapide de l'art de se déguiser, et que l'abondance des passages secrets les plus sophistiqués ne suffisent pas à expliquer. Mais s'il peut paraître utile d'expliquer la vélocité d'un avion à réaction, il serait dérisoire de justifier celle d'un tapis volant. Tel est le privilège du conte de fées ou du roman populaire.

Un privilège dont Leroux n'abuse pas quand il se borne à utiliser la ressemblance entre deux personnes jouant un même rôle (dans *Mister Flow*), ou qu'il renouvelle par une trouvaille audacieuse, dans *Chéri-Bibi*.

Evadé du bagne où il a été envoyé pour un crime qu'il n'a pas commis, Chéri-Bibi aspire, de façon légitime, à changer d'identité. Il y parvient grâce à une atroce opération chirurgicale en endossant la peau d'un autre. C'est pour s'apercevoir, hélas! qu'elle appartenait à un assassin. Et l'on comprend que *Fatalitas!* devienne le juron familier d'un homme que la fatalité pousse sans cesse à jouer un rôle qui n'est pas le sien. Tel est encore le destin imparti de façon aussi dramatique à un brave dans lequel se réincarne l'âme du célèbre Cartouche *(La Double Vie de Théophraste Longuet)*.

A personnages sublimes, décors sublimes. Pour mieux accentuer le côté ténébreux du roman populaire, Leroux y multiplie les architectures souterraines. La maison du lac souterrain habitée par le Fantôme de l'Opéra est protégée par la « Voix sous l'eau », invisible sirène qui se manifeste seulement par d'efficaces mains d'étrangleur.

L'usage du labyrinthe qui serpente sous le sol de Paris fait du héros du *Roi Mystère* le Monte-Cristo des Catacombes. Celles-ci interviennent encore dans *La Double Vie de Théophraste Longuet,* peuplée de nyctalopes : une variété de l'espèce humaine ignorée de la science actuelle. De même que le héros hybride de *Balaoo*. Avec ce dernier roman, Leroux s'est diverti à composer une version aimable, souriante même, de la très sombre *Ile du docteur Moreau* de H.G. Wells.

Dans sa période classique, le roman populaire est découpé en feuilletons quotidiens. A l'auteur donc d'ache-

ver chaque jour celui-ci sur un suspense de façon à maintenir l'intérêt du lecteur jusqu'au lendemain, et si possible
plus loin encore. Un procédé consiste notamment à aban-
donner le héros au milieu d'un grave péril. Et de le
montrer, le lendemain, par une ellipse audacieuse, dans une
nouvelle situation inoffensive et sans rapport avec la précédente. L'explication venant quelques jours plus tard avec
l'intervention d'un nouveau personnage qui a assisté au
sauvetage du héros. Un artifice voisin consiste à laisser le
héros dans le plus grave péril, et à créer une digression, le
lecteur assistant lui-même au dénouement quelques jours
plus tard.

Leroux n'a pas manqué de jouer en virtuose avec ce
genre d'artifices. Sans attendre la coupure « la suite à
demain », il s'amuse à interrompre l'action ou l'explication
par une digression savoureuse – véritable clin d'œil en
direction du lecteur. Dans *Chéri-Bibi*, son ex-complice,
La Ficelle, interrompt le récit de la vie abominable du
bagnard-honnête homme pour donner la recette de la
morue à l'espagnole. Un plat que le défunt Chéri-Bibi
adorait et dont la cuisson odorante va le faire resurgir
d'entre les morts.

Dans *L'Homme qui revient de loin*, on se précipite chez le
docteur Moutier, expert en occultisme, en le priant d'expliquer le mystère du fantôme au visage sanglant qui vient de
semer la panique. Et le bon médecin qu'on trouve devant
son fourneau, de répondre : « Apprenez qu'en ce moment
au fond d'une casserole, une jeune poulette est en train de
s'attendrir au contact de 150 grammes de crème, de
120 grammes de beurre et de parmesan. »

Deux exemples révélateurs de la maîtrise de Leroux à
manier l'ellipse, le coup de théâtre, le contrepoint provoca-
teur pour retourner avec humour une situation qu'il avait
portée à l'incandescence.

Rénovateur individuel du roman populaire, Leroux a
également mis son génie, son imagination, son humour au
service d'une entreprise collective de sauvetage de ce genre
littéraire que la guerre avait achevé de démoder. Une
entreprise née un peu avant celle-ci aux Etats-Unis d'Amé-
rique. Pour intéresser les lecteurs du feuilleton tout en
modernisant ses thèmes, les Américains avaient imaginé de
marier le cinéma populaire (c'est-à-dire le cinéma d'action)
au roman populaire.

Le procédé consistait à imaginer une histoire à péripéties
et rebondissements pouvant inspirer un film d'une durée de
4 ou 5 heures. On le découpait ensuite en tranches de vingt
à trente minutes projetées dans les salles, pendant 10, 12 ou
15 semaines. La projection s'accompagnant de la publica-
tion, dans un grand journal quotidien, d'un roman retra-
çant fidèlement les péripéties du film. Outre-Atlantique ce
genre est appelé « serial » ou « chapter play »; en France :
film à épisodes, puis cinéroman. En décembre 1915, il
envahit la France, y provoquant un extraordinaire engoue-
ment, avec *Les Mystères de New York*. Le roman du film
publié dans *Le Matin* est rédigé par un vieux routier du
feuilleton, Pierre Decourcelle, l'auteur des *Deux Gosses*. La
réaction française se produit dès janvier 1917, avec le *Judex*
de Louis Feuillade, raconté en 12 épisodes par Arthur
Bernède dans *Le Petit Parisien*. L'auteur d'*Arsène Lupin*,
Maurice Leblanc, prêtera sa plume à un *Cercle rouge* « made
in U.S.A. » dans le quotidien *Le Journal*, tandis que Guy de
Teramond, et surtout Marcel Allain (le co-auteur, avec
Pierre Souvestre, de *Fantomas*) traduiront, dans *Le Petit
Journal*, de nombreuses productions américaines jusqu'à
l'arrivée du parlant.

Leroux fera mieux que ses illustres confrères, simples
raconteurs de séries étrangères. Comme scénariste d'abord
puis comme raconteur, il contribuera à quatre films épiso-

des produits par la Société des Cinéromans qu'il fonde en
1918 à Nice avec des amis, notamment René Navarre,
l'interprète des *Fantomas* de Feuillade en 1913-1914, et
Arthur Bernède, qui a adapté le « serial » au goût français
avec *Judex*.

Ainsi Leroux contribuera-t-il à un triple titre – produc-
teur, scénariste et raconteur (dans *Le Matin*) – aux quatre
premières productions de la Société des Cinéromans, avant
qu'elle ne soit rachetée par Pathé-Cinéma :

– *La Nouvelle Aurore* (1919), 16 épisodes qui forment le
second volet des aventures de Chéri-Bibi.

– *Tue-la-mort* (1920), 12 épisodes, dans lesquels sa fille
Madeleine, âgée de 13 ans, tient le rôle de Canzonetta.

– *Le Sept de trèfle* (1921), 12 épisodes.

– *Rouletabille chez les bohémiens* (1922), 10 épisodes, qui lui
permettent de mettre en scène pour la dernière fois le
« reporter extraordinaire ».

Rénovateur du roman populaire, Gaston Leroux n'a pu
accomplir cette destinée que grâce à une panne de carrière,
à une grosse fatigue, à une perte de sang-froid. On obser-
vera que l'homme qui personnifie par excellence le roman
populaire au XXᵉ siècle a entamé une carrière tardive. Si
l'on excepte un essai isolé *(La Double Vie de Théophraste
Longuet,* 1903*)*, il a 39 ans lorsqu'en 1907, il écrit *Le Mystère
de la Chambre jaune* qui sera suivi d'un et quelquefois de deux
romans par an jusqu'en 1927.

Si l'on avait demandé à Leroux, avant cette mutation,
quel moyen d'expression l'attirait en priorité, sans doute
aurait-il répondu : le théâtre. Il a d'ailleurs écrit sept pièces,
de 1897 à 1918, dont la notoriété n'a jamais atteint celle de
ses romans.

Ce que l'on sait de ses premières années montre qu'il ne
songeait pas du tout à une carrière de romancier populaire.
Né en 1868 à Paris, d'un père entrepreneur de travaux

publics, Gaston Leroux est élevé en Normandie au collège
d'Eu (que fréquentera aussi son héros Rouletabille). Après
avoir obtenu le baccalauréat ès lettre à Caen, il s'installe à
Paris en octobre 1886 pour s'inscrire à la Faculté de Droit.
Il prête le serment d'avocat le 22 janvier 1890 et exercera
cette profession jusqu'en 1893.

Pour arrondir ses fins de mois, il écrit des comptes rendus
de procès pour le journal *Paris*. Sa relation du procès de
Vaillant, l'anarchiste qui a lancé une bombe à la Chambre
des Députés, tombe sous les yeux de Maurice Bunau-
Varilla, directeur du journal *Le Matin* qui propose alors à
Leroux de devenir le chroniqueur judiciaire de ce quotidien, le plus puissant de Paris à l'époque. Leroux aura ainsi
l'occasion de suivre le procès de personnages qui auraient
pu se mêler à ceux de ses romans, en particulier les
anarchistes lanceurs de bombes.

En 1901, devenu grand reporter, il effectue de nombreux
voyages en France et à l'étranger, quelques-uns à la suite
du président de la République. De juin 1904 à mars 1906, il
est l'envoyé spécial permanent du *Matin* en Russie et
assistera, à ce titre, aux sanglantes prémices de l'écroule-
ment de l'empire des tsars.

Et puis, une nuit de 1907, se produit l'incident qui va
orienter sa carrière dans une nouvelle direction. Comme il
vient tout juste de rentrer épuisé du Maroc en pleine
effervescence guerrière, Leroux est réveillé par un cycliste
du *Matin*. Il est prié de repartir immédiatement à Toulon
où l'un des plus beaux cuirassés de l'escadre est en feu.
Exaspéré, et la fatigue lui faisant perdre son sang-froid,
Leroux hurle au nez du malheureux cycliste le mot de
Cambronne et le prie de le transmettre à son puissant et
dictatorial patron.

On n'offense pas impunément un homme qui répète
souvent : « Mon fauteuil directorial vaut deux trônes ». Ils

se réconcilieront quelques années plus tard et Leroux publiera quatorze de ses romans dans *Le Matin*. Mais en attendant, pour survivre, il écrit pour l'hebdomadaire *L'Ilustration* un roman d'un tempérament nouveau, avec un héros très moderne : un journaliste. C'est *Le Mystère de la chambre jaune,* premier épisode des aventures extraordinaires du reporter Joseph Josephin dit Rouletabille.

Le succès est tel que *L'Illustration* lui commande aussitôt une suite. Ce sera *Le Parfum de la dame en noir* : un nouveau romancier populaire est né. L'exemple de Leroux le démontre : pour réussir, il ne suffit pas d'avoir des qualités. Il faut parfois les assaisonner d'un gros mot.

Francis Lacassin

I

LA MORT D'UN HÉROS

« C'EST un vilain moment à passer...

— Sans doute, mais on dit que c'est un homme qui n'a peur de rien!...

— A-t-il des enfants?

— Non!... Et il est veuf!

— Tant mieux!

— Et puis, il faut espérer tout de même qu'il n'en mourra pas!... Mais dépêchons-nous!... »

En entendant ces propos funèbres, M. Gaspard Lalouette — honnête homme, marchand de tableaux et d'antiquités, établi depuis dix ans rue Laffitte, et qui se promenait ce jour-là quai Voltaire, examinant les devantures des marchands de vieilles gravures et de bric-à-brac —, leva la tête...

Dans le même moment, il était légèrement bousculé sur l'étroit trottoir par un groupe de trois jeunes gens, coiffés du béret d'étudiant, qui venait de déboucher de l'angle de la rue Bonaparte, et qui, toujours causant, ne prit point le temps de la moindre excuse.

M. Gaspard Lalouette, de peur de s'attirer une méchante querelle, garda pour lui la mauvaise humeur qu'il ressentait de cette incivilité, et pensa que les jeunes gens

couraient assister à quelque duel dont ils redoutaient tout
haut l'issue fatale.

Et il se reprit à considérer attentivement un coffret
fleurdelisé qui avait la prétention de dater de saint Louis
et d'avoir peut-être contenu le psautier de Mme Blanche
de Castille. C'est alors, que, derrière lui, une voix dit :

« Quoi qu'on puisse penser, c'est un homme vraiment
brave! »

Et une autre répondit :

« On dit qu'il a fait trois fois le tour du monde!...
Mais, en vérité, j'aime mieux être à ma place qu'à la
sienne. Pourvu que nous n'arrivions pas en retard! »

M. Lalouette se retourna. Deux vieillards passaient, se
dirigeant vers l'Institut, en pressant le pas.

« Eh quoi! pensa M. Lalouette, les vieillards seraient-
ils subitement devenus aussi fous que les jeunes gens?
(M. Lalouette avait dans les quarante-cinq ans, environ,
l'âge où l'on n'est ni jeune ni vieux...) En voici deux qui
m'ont l'air de courir au même fâcheux rendez-vous que
mes étudiants de tout à l'heure! »

L'esprit ainsi préoccupé, M. Gaspard Lalouette s'était
rapproché du tournant de la rue Mazarine et peut-être
se serait-il engagé dans cette voie tortueuse si quatre
messieurs qu'à leur redingote, chapeau haut de forme, et
serviette de maroquin sous le bras, on reconnaissait pour
des professeurs, ne s'étaient trouvés tout à coup en face
de lui, criant et gesticulant :

« Vous ne me ferez pas croire tout de même qu'il a
fait son testament!

— S'il ne l'a pas fait, il a eu tort!

— On raconte qu'il a vu plus d'une fois la mort de
près...

— Quand ses amis sont venus pour le dissuader de son
dessein, il les a mis à la porte!

— Mais au dernier moment, il va peut-être se raviser?...

— Le prenez-vous pour un lâche?

— Tenez... le voilà... le voilà! »

Et les quatre professeurs se prirent à courir, traversant la rue, le quai, et obliquant, sur leur droite, du côté du pont des Arts.

M. Gaspard Lalouette, sans hésiter, lâcha tous ses bric-à-brac. Il n'avait plus qu'une curiosité, celle de connaître l'homme qui allait risquer sa vie dans des conditions et pour des raisons qu'il ignorait encore, mais que le hasard lui avait fait entrevoir particulièrement héroïques.

Il prit au court sous les voûtes de l'Institut pour rejoindre les professeurs et se trouva aussitôt sur la petite place dont l'unique monument porte, sur la tête, une petite calotte appelée généralement coupole. La place était grouillante de monde. Les équipages s'y pressaient, dans les clameurs des cochers et des camelots. Sous la voûte qui conduit dans la première cour de l'Institut, une foule bruyante entourait un personnage qui paraissait avoir grand-peine à se dégager de cette étreinte enthousiaste. Et les quatre professeurs étaient là qui criaient : « Bravo!... »

M. Lalouette mit son chapeau à la main et, s'adressant à l'un de ces messieurs, il lui demanda fort timidement de bien vouloir lui expliquer ce qui se passait.

« Eh! vous le voyez bien!... C'est le capitaine de vaisseau Maxime d'Aulnay!

— Est-ce qu'il va se battre en duel? interrogea encore, avec la plus humble politesse, M. Lalouette.

— Mais non!... Il va prononcer son discours de réception à l'Académie française! » répondit le professeur, agacé.

Sur ces entrefaites, M. Gaspard Lalouette se trouva séparé des professeurs par un grand remous de foule.

C'étaient les amis de Maxime d'Aulnay qui, après lui
avoir fait escorte et l'avoir embrassé avec émotion, es-
sayaient de pénétrer dans la salle des séances publiques.
Ce fut un beau tapage, car leurs cartes d'entrée ne leur
servirent de rien. Certains d'entre eux qui avaient pris la
sage précaution de se faire retenir leurs places par des
gens à gages, en furent pour leurs frais, car ceux qui
étaient venus pour les autres restèrent pour eux-mêmes.
La curiosité, plus forte que leur intérêt, les cloua à demeure. Cependant, comme M. Lalouette se trouvait acculé
entre les griffes pacifiques du lion de pierre qui veille
au seuil de l'Immortalité, un commissionnaire lui tint ce
langage :

« Si vous voulez entrer, monsieur, c'est vingt francs! »

M. Gaspard Lalouette, tout marchand de bric-à-brac
et de tableaux qu'il était, avait un grand respect pour les
lettres. Lui-même était auteur. Il avait publié deux ouvrages qui étaient l'orgueil de sa vie, l'un sur les signatures des peintres célèbres et sur les moyens de reconnaître
l'authenticité de leurs œuvres, l'autre sur l'art de l'encadrement, à la suite de quoi il avait été nommé officier
d'Académie; mais jamais il n'était entré à l'Académie,
et surtout jamais l'idée qu'il avait pu se faire d'une séance
publique à l'Académie n'avait concordé avec tout ce qu'il
venait d'entendre et de voir depuis un quart d'heure.
Jamais, par exemple, il n'eût pensé qu'il fût si utile,
pour prononcer un discours de réception, d'être veuf,
sans enfants, de n'avoir peur de rien et d'avoir fait son
testament. Il donna ses vingt francs et, à travers mille
horions, se vit installé tant bien que mal dans une tri-
bune où tout le monde était debout, regardant dans la
salle.

C'était Maxime d'Aulnay qui entrait.

Il entrait un peu pâle, flanqué de ses deux parrains,

M. le comte de Bray et le professeur Palaiseaux, plus pâles que lui.

Un long frisson secoua l'assemblée. Les femmes qui étaient nombreuses et de choix ne purent retenir un mouvement d'admiration et de pitié. Une pieuse douairière se signa. Sur tous les gradins on s'était levé, car toute cette émotion était infiniment respectueuse, comme devant la mort qui passe.

Arrivé à sa place, le récipiendaire s'était assis entre ses deux gardes du corps, puis il releva la tête et promena un regard ferme sur ses collègues, l'assistance, le bureau et aussi sur la figure attristée du membre de l'illustre assemblée chargé de le recevoir.

A l'ordinaire, ce dernier personnage apporte à cette sorte de cérémonie une physionomie féroce, présage de toutes les tortures littéraires qu'il a préparées à l'ombre de son discours. Ce jour-là, il avait la mine compatissante du confesseur qui vient assister le patient à ses derniers moments.

M. Lalouette, tout en considérant attentivement le spectacle de cette tribu habillée de feuilles de chêne, ne perdait pas un mot de ce qui se disait autour de lui. On disait :

« Ce *pauvre* Jehan Mortimar était beau et jeune, comme lui!

— Et si heureux d'avoir été élu!

— Vous rappelez-vous quand il s'est levé pour prononcer son discours?

— Il semblait rayonner... Il était plein de vie...

— On aura beau dire, ça n'est pas une mort naturelle...

— Non, ça n'est pas une mort naturelle... »

M. Gaspard Lalouette ne put en entendre davantage sans se retourner vers son voisin pour lui demander de quelle mort on parlait là, et il reconnut que celui à qui

il s'adressait n'était autre que le professeur qui, tout
à l'heure, l'avait renseigné déjà, d'une façon un peu
bourrue. Cette fois encore, le professeur ne prit pas de
gants :

« Vous ne lisez donc pas les journaux, monsieur? »

Eh bien, non, M. Lalouette ne lisait pas les journaux!
Il y avait à cela une raison que nous aurons l'occasion de
dire plus tard et que M. Lalouette ne criait pas par-dessus
les toits. Seulement, à cause qu'il ne lisait pas les journaux, le mystère dans lequel il était entré en pénétrant,
pour vingt francs, sous la voûte de l'Institut, s'épaississait
à chaque instant, davantage. C'est ainsi qu'il ne comprit
rien à l'espèce de protestation qui s'éleva quand une noble
dame, que chacun dénommait : la belle Mme de Bithynie, entra dans la loge qui lui avait été réservée. On
trouvait généralement qu'elle avait un joli toupet. Mais
encore M. Lalouette ne sut pas pourquoi. Cette dame
considéra l'assistance avec une froide arrogance, adressa
quelques paroles brèves à de jeunes personnes qui l'ac-
compagnaient et fixa de son face à main M. Maxime
d'Aulnay.

« Elle va lui porter malheur! » s'écria quelqu'un.

Et la rumeur publique répéta :

« Oui, oui, elle va lui porter malheur!... »

M. Lalouette demanda : « Pourquoi va-t-elle lui porter
malheur? » mais personne ne lui répondit. Tout ce qu'il
put apprendre d'à peu près certain, c'est que l'homme
qui était là-bas, prêt à prononcer un discours, s'appelait
Maxime d'Aulnay, qu'il était capitaine de vaisseau, qu'il
avait écrit un livre intitulé : *Voyage autour de ma cabine*,
et qu'il avait été élu au fauteuil occupé naguère par
Mgr d'Abbeville. Et puis le mystère recommença avec des
cris, des gestes de fous. Le public, dans les tribunes, se
soulevait, et criait des choses comme celle-ci :

« *Comme l'autre!...* N'ouvrez pas!... Ah! la lettre!... *comme l'autre!... comme l'autre!...* Ne lisez pas!... »

M. Lalouette se pencha et vit un appariteur qui apportait une lettre à Maxime d'Aulnay. L'apparition de cet appariteur et de cette lettre semblait avoir mis l'assemblée hors d'elle. Seuls, les membres du bureau s'efforçaient de garder leur sang-froid, mais il était visible que M. Hippolyte Patard, le sympathique secrétaire perpétuel, tremblait de toutes ses feuilles de chêne.

Quant à Maxime d'Aulnay, il s'était levé, avait pris des mains de l'appariteur la lettre et l'avait décachetée. Il souriait à toutes les clameurs. Et puisque la séance n'était pas encore ouverte, à cause que l'on attendait M. le chancelier, il lut, et il sourit. Alors, dans les tribunes, chacun reprit :

« Il sourit!... Il sourit!... *L'autre aussi a souri!* »

Maxime d'Aulnay avait passé la lettre à ses parrains, qui, eux, ne souriaient pas. Le texte de la lettre fut bientôt dans toutes les bouches et comme il faisait, de bouche en oreille et d'oreille en bouche, le tour de la salle, M. Lalouette apprit ce que contenait la lettre : « *Il y a des voyages plus dangereux que ceux que l'on fait autour de sa cabine!* »

Ce texte semblait devoir porter à son comble l'émoi de la salle, quand on entendit la voix glacée du président annoncer, après quelques coups de sonnette, que la séance était ouverte. Un silence tragique pesa immédiatement sur l'assistance.

Mais Maxime d'Aulnay était déjà debout, plus que brave, hardi!

Et le voilà qui commence de lire son discours.

Il le lit d'une voix profonde, sonore. Il remercie d'abord, sans bassesse, la Compagnie qui lui fait l'honneur de l'accueillir; puis, après une brève allusion à un deuil qui est venu frapper récemment l'Académie jusque dans son enceinte, il parle de Mgr d'Abbeville.

Il parle... il parle...

A côté de M. Gaspard Lalouette, le professeur murmure entre ses dents cette phrase que M. Lalouette crut, à tort du reste, inspirée par la longueur du discours : *Il dure plus longtemps que l'autre!...*

Il parle et il semble que l'assistance, à mesure qu'il parle, respire mieux. On entend des soupirs, des femmes se sourient comme si elles se retrouvaient après un gros danger...

Il parle et nul incident imprévu ne vient l'interrompre...

Il arrive à la fin de l'éloge de Mgr d'Abbeville, il s'anime. Il s'échauffe quand, à l'occasion des talents de l'éminent prélat, il émet quelques idées générales sur l'éloquence sacrée. L'orateur évoque le souvenir de certains sermons retentisssants qui ont valu à Mgr d'Abbeville les foudres laïques pour cause de manque de respect à la science humaine...

Le geste du nouvel académicien prend une ampleur inusitée comme pour frapper, pour fustiger à son tour, cette science, fille de l'impiété et de l'orgueil!

... Et dans un élan admirable qui, certes! n'a rien d'académique, mais qui n'en est que plus beau, car il est bien d'un marin de la vieille école, Maxime d'Aulnay s'écrie :

« Il y a six mille ans, messieurs, que la vengeance divine a enchaîné Prométhée sur son rocher! Aussi, je ne suis pas de ceux qui redoutent la foudre des hommes. Je ne crains que le tonnerre de Dieu! »

Le malheureux avait à peine fini de prononcer ces derniers mots qu'on le vit chanceler, porter d'un geste désespéré la main au visage, puis s'abattre, tel une masse.

Une clameur d'épouvante monta sous la coupole... Les

académiciens se précipitèrent... On se pencha sur le corps inerte....

Maxime d'Aulnay était mort!

Et l'on eut toutes les peines du monde à faire évacuer la salle.

Mort comme était mort deux mois auparavant, en pleine séance de réception, Jehan Mortimar, le poète des *Parfums tragiques,* le premier élu à la succession de Mgr d'Abbeville. Lui aussi avait reçu une lettre de menaces, apportée à l'Institut par un commissionnaire que l'on ne retrouva jamais, lettre où il avait lu : « *Les Parfums sont quelquefois plus tragiques qu'on ne le pense* », et lui aussi, quelques minutes après, avait culbuté : voici ce qu'apprit enfin, d'une façon un peu précise, M. Gaspard Lalouette, en écoutant d'une oreille avide les propos affolés que tenait cette foule qui tout à l'heure emplissait la salle publique de l'Institut et qui venait d'être jetée sur les quais dans un désarroi inexprimable. Il eût voulu en savoir plus long et connaître au moins la raison pour laquelle, Jehan Mortimar étant mort, on avait tant redouté le décès de Maxime d'Aulnay. Il entendit bien parler d'une vengeance, mais dans des termes si absurdes qu'il n'y attacha point d'importance. Cependant il crut devoir demander, par acquit de conscience, le nom de celui qui aurait eu à se venger dans des conditions aussi nouvelles; alors on lui sortit une si bizarre énumération de vocables qu'il pensa qu'on se moquait de lui. Et, comme la nuit était proche, car on était en hiver, il se décida à rentrer chez lui, traversant le pont des Arts où quelques académiciens attardés et leurs invités, profondément émus par la terrible coïncidence de ces deux fins sinistres, se hâtaient vers leurs demeures.

Tout de même, M. Gaspard Lalouette, au moment de disparaître dans l'ombre qui s'épaississait déjà aux guichets de la place du Carrousel, se ravisa. Il arrêta l'un de ces messieurs qui descendait du pont des Arts et qui, avec son allure énervée, semblait encore tout agité par l'événement. Il lui demanda :

« Enfin! Monsieur! sait-on de quoi il est mort?

— Les médecins disent qu'il est mort de la rupture d'un anévrisme.

— Et l'autre, monsieur, de quoi était-il mort?

— Les médecins ont dit : d'une congestion cérébrale!... »

Alors une ombre s'avança entre les deux interlocuteurs et dit :

« Tout ça, c'est des blagues!... Ils sont morts tous deux parce qu'ils ont voulu s'asseoir sur le *Fauteuil hanté!* »

M. Lalouette tenta de retenir cette ombre par l'ombre de sa jaquette, mais elle avait déjà disparu...

Il rentra chez lui, pensif...

II

UNE SÉANCE DANS LA SALLE
DU DICTIONNAIRE

L<small>E</small> lendemain de ce jour néfaste, M. le secrétaire perpétuel Hippolyte Patard pénétra sous la voûte de l'Institut sur le coup d'une heure. Le concierge était sur le
seuil de sa loge. Il tendit son courrier à M. le secrétaire
perpétuel et lui dit :

« Vous voilà bien en avance aujourd'hui, monsieur le
secrétaire perpétuel, personne n'est encore arrivé. »

M. Hippolyte Patard prit son courrier, qui était assez
volumineux, des mains du concierge, et se disposa à continuer son chemin, sans dire un mot au digne homme.

Celui-ci s'en étonna.

« M. le secrétaire perpétuel a l'air bien préoccupé. Du
reste, tout le monde est bouleversé ici, *après une pareille
histoire!* »

Mais M. Hippolyte Patard ne se détourna même pas.

Le concierge eut le tort d'ajouter :

« Est-ce que M. le secrétaire perpétuel a lu ce matin
l'article de *L'Epoque* sur le *Fauteuil hanté?* »

M. Hippolyte Patard avait cette particularité d'être
tantôt un petit vieillard frais et rose, aimable et souriant,
accueillant, bienveillant, charmant, que tout le monde
à l'Académie appelait « mon bon ami » excepté les domestiques bien entendu, bien qu'il fût plein de préve-

nances pour eux, leur demandant alors des nouvelles de
leur santé; et tantôt, M. Hippolyte Patard était un petit
vieillard tout sec, jaune comme un citron, nerveux, fâcheux, bilieux. Ses meilleurs amis appelaient alors M. Hippolyte Patard : « M. le secrétaire perpétuel », gros comme
le bras, et les domestiques n'en menaient pas large.
M. Hippolyte Patard aimait tant l'Académie qu'il s'était
mis ainsi en deux pour la servir, l'aimer et la défendre.
Les jours fastes, qui étaient ceux des grands triomphes
académiques, des belles solennités, des prix de vertu, il les
marquait du Patard rose, et les jours néfastes qui étaient
ceux où quelque affreux plumitif avait osé manquer de
respect à la divine institution, il les marquait du Patard
citron.

Le concierge, évidemment, n'avait pas remarqué, ce
jour-là, à quelle couleur de Patard il avait affaire, car il
se fût évité la réplique cinglante de M. le secrétaire perpétuel. En entendant parler du *Fauteuil hanté*, M. Patard
s'était retourné d'un bloc.

« Mêlez-vous de ce qui vous regarde, fit-il; je ne sais
pas s'il y a un fauteuil hanté! Mais je sais qu'il y a une
loge ici qui ne désemplit pas de journalistes! A bon en-
tendeur, salut! »

Et il fit demi-tour, laissant le concierge foudroyé.

Si M. le secrétaire perpétuel avait lu l'article sur le
Fauteuil hanté! mais il ne lisait plus que cet article-là
dans les journaux, depuis des semaines! Et après la mort
foudroyante de Maxime d'Aulnay, suivant de si près la
mort non moins foudroyante de Jehan Mortimar, il n'était
pas probable, avant longtemps, qu'on se désintéressât
dans la presse d'un sujet aussi passionnant!

Et cependant, quel était l'esprit sensé (M. Hippolyte
Patard s'arrêta pour se le demander encore)... quel était
l'esprit sensé qui eût osé voir, dans ces deux décès, autre

chose qu'une infiniment regrettable coïncidence? Jehan
Mortimar était mort d'une congestion cérébrale, cela était
bien naturel. Et Maxime d'Aulnay, impressionné par la
fin tragique de son prédécesseur, et aussi par la solennité
de la cérémonie, et enfin par les fâcheux pronostics dont
quelques méchants garnements de lettres avaient accompagné son élection, était mort de la rupture d'un anévrisme. Et cela n'était pas moins naturel.

M. Hippolyte Patard qui traversait la première cour de
l'Institut et se dirigeait à gauche vers l'escalier qui conduit au secrétariat, frappa le pavé inégal et moussu de la
pointe ferrée de son parapluie.

« Qu'y a-t-il donc de plus naturel, se fit-il à lui-même,
que la rupture d'un anévrisme? C'est une chose qui peut
arriver à tout le monde que de mourir de la rupture d'un
anévrisme, même en lisant un discours à l'Académie française!... »

Il ajouta :

« Il suffit pour cela d'être académicien! »

Ayant dit, il s'arrêta pensif, sur la première marche de
l'escalier. Quoi qu'il s'en défendît, M. le secrétaire perpétuel était assez superstitieux. Cette idée que, tout Immortel que l'on est, on peut mourir de la rupture d'un
anévrisme l'incita à toucher furtivement de la main droite
le bois de son parapluie qu'il tenait de la main
gauche. Chacun sait que le bois protège contre le mauvais
sort.

Et il reprit sa marche ascendante. Il passa devant le
secrétariat sans s'y arrêter, continua de monter, s'arrêta
sur le second palier, et dit tout haut :

« Si seulement il n'y avait pas cette histoire des deux
lettres! mais tous les imbéciles s'y laissent prendre! ces
deux lettres signées des initiales E D S E D T D L N, toutes
les intitiales de ce fumiste d'Eliphas! »

Et M. le secrétaire perpétuel se prit à prononcer tout haut dans la solennité sonore de l'escalier, le nom abhorré de celui qui semblait avoir, par quelque criminel sortilège, déchaîné la fatalité sur l'illustre et paisible Compagnie : *Eliphas de Saint-Elme de Taillebourg de la Nox!*

Avec un nom pareil, avoir osé se présenter à l'Académie française!... Avoir espéré, lui, ce charlatan de malheur, qui se disait mage, qui se faisait appeler : Sâr, qui avait publié un volume parfaitement grotesque sur la *Chirurgie de l'Ame,* avoir espéré l'immortel honneur de s'asseoir dans le fauteuil de Mgr d'Abbeville!...

Oui, un mage! comme qui dirait un sorcier, qui prétend connaître le passé et l'avenir, et tous les secrets qui peuvent rendre l'homme maître de l'univers! un alchimiste, quoi! un devin! un astrologue! un envoûteur! un nécromancien!

Et ça avait voulu être de l'Académie!

M. Hippolyte Patard en étouffait.

Tout de même, depuis que ce mage avait été blackboulé comme il le méritait, deux malheureux qui avaient été élus au fauteuil de Mgr d'Abbeville étaient morts!...

Ah! si M. le secrétaire général l'avait lu, l'article sur le *Fauteuil hanté!* Mais il l'avait même relu, le matin même, dans les journaux, et il allait le relire encore, tout de suite, dans le journal *L'Epoque;* et, en effet, il déploya avec une énergie farouche pour son âge, la gazette : cela tenait deux colonnes, en première page, et cela répétait toutes les âneries dont les oreilles de M. Hippolyte Patard étaient rebattues, car, en vérité, il ne pouvait plus maintenant entrer dans un salon ou dans une bibliothèque, sans qu'il entendît aussitôt : « Eh bien, et le *Fauteuil hanté!* »

L'Epoque, à propos de la formidable coïncidence de ces

deux morts si exceptionnellement académiques, avait cru
devoir rapporter tout au long la légende qui s'était for-
mée autour du fauteuil de Mgr d'Abbeville. Dans certains
milieux parisiens, où l'on s'occupait beaucoup de choses
qui se passaient au bout du pont des Arts, on était persuadé que ce *fauteuil était désormais hanté par l'esprit de
vengeance* du sâr Eliphas de Saint-Elme de Taillebourg
de la Nox! Et comme, après son échec, cet Eliphas avait
disparu, *L'Epoque* ne pouvait s'empêcher de regretter qu'il
eût, avant précisément de disparaître, prononcé des paroles de menaces suivies bien fâcheusement d'aussi regret-
tables décès subits. En sortant pour la dernière fois du
club des « Pneumatiques » (ainsi appelé de *pneuma*, âme),
qu'il avait fondé dans le salon de la belle Mme de Bithynie, Eliphas avait dit textuellement en parlant du
fauteuil de l'éminent prélat : « *Malheur à ceux qui
auront voulu s'y asseoir avant moi!* » En fin de compte,
L'Epoque ne paraissait pas rassurée du tout. Elle disait,
à l'occasion des lettres reçues par les deux défunts immédiatement avant leur mort, que l'Académie avait peut-
être affaire à un fumiste, mais aussi qu'elle pouvait avoir
affaire à un fou. Le journal voulait que l'on retrouvât
Eliphas, et c'est tout juste s'il ne réclamait pas l'autopsie des corps de Jehan Mortimar et de M. d'Aulnay.

L'article n'était pas signé, mais M. Hippolyte Patard
en voua aux gémonies l'auteur anonyme après l'avoir
traité, carrément, d'idiot, puis ayant poussé le tambour
d'une porte, il traversa une première salle tout encom-
brée de colonnes, pilastres et bustes, monuments de sculp-
ture funéraire à la mémoire des académiciens défunts
qu'il salua au passage, puis, une seconde salle, puis arriva
en une troisième toute garnie de tables recouvertes de
tapis d'un vert uniforme et entourées de fauteuils symé-
triquement rangés. Au fond, sur un vaste panneau, se

détachait la figure en pied du cardinal Armand-Jean du
Plessis, duc de Richelieu.

M. le secrétaire perpétuel venait d'entrer dans la « salle
du Dictionnaire ».

Elle était encore déserte.

Il referma la portière derrière lui, s'en fut à sa place
habituelle, y déposa son courrier, rangea précieusement
dans un coin qu'il lui était facile de surveiller son parapluie sans lequel il ne sortait jamais, et dont il prenait un
soin jaloux, comme d'un objet sacré.

Puis, il retira son chapeau, qu'il remplaça par une petite toque en velours noir brodé, et, à petits pas feutrés, il
commença le tour des tables qui formaient entre elles
comme de petits box, dans lesquels étaient les fauteuils.
Il y en avait de célèbres.

Quand il passait auprès de ceux-là, M. le secrétaire
perpétuel y attardait son regard attristé, hochait la tête
et murmurait des noms illustres. Ainsi, arriva-t-il devant
le portrait du cardinal de Richelieu. Il souleva sa toque.

« Bonjour, grand homme! » fit-il.

Et il s'arrêta, tourna le dos au grand homme, et con-
templa, juste en face de lui, un fauteuil.

C'était un fauteuil comme tous les fauteuils qui étaient
là, avec ses quatre pattes et son dossier carré, ni plus ni
moins, mais c'était dans ce fauteuil qu'avait coutume
d'assister aux séances Mgr d'Abbeville, et nul depuis la
mort du prélat ne s'y était assis.

Pas même ce pauvre Jehan Mortimar, pas même ce
pauvre Maxime d'Aulnay, qui n'avaient jamais eu l'occasion de franchir le seuil de la salle des séances privées, la
salle du Dictionnaire, comme on dit. Or, au royaume des
Immortels, il n'y a vraiment que cette salle-là qui compte,
car c'est là que sont les quarante fauteuils, sièges de l'Immortalité.

Donc, M. le secrétaire perpétuel contemplait le fauteuil de Mgr d'Abbeville...

Il dit tout haut :

« *Le Fauteuil hanté!* »

Et il haussa les épaules.

Puis il prononça la phrase fatale, en manière de dérision :

« *Malheur à ceux qui auront voulu s'y asseoir avant moi.* »

Toup à coup, il s'avança vers le fauteuil jusqu'à le toucher.

« Eh bien moi, s'écria-t-il en se frappant la poitrine, moi, Hippolyte Patard, qui me moque du mauvais sort et de M. Eliphas de Saint-Elme de Taillebourg de la Nox, moi, je vais m'asseoir sur toi, fauteuil hanté! »

Et, se retournant, il se disposa à s'asseoir...

Mais à moitié courbé, il s'arrêta dans son geste, se redressa, et dit :

« Et puis non, je ne m'assoirai pas! C'est trop bête!... On ne doit pas attacher d'importance à des bêtises pareilles. »

Et M. le secrétaire perpétuel regagna sa place après avoir touché, en passant, d'un doigt furtif le manche en bois de son parapluie.

Sur quoi la porte s'ouvrit et M. le chancelier entra, traînant derrière lui M. le directeur. M. le chancelier était un quelconque chancelier comme on en élit un tous les trois mois, mais le directeur de l'Académie de ce trimestre-là était le grand Loustalot, l'un des premiers savants du monde. Il se laissait diriger par le bras comme un aveugle. Ce n'était point qu'il n'y vît pas clair, mais il avait de si illustres distractions, qu'on avait pris le parti, à l'Académie, de ne point le lâcher d'un pas. Il habitait dans la banlieue. Quand il sortait de chez lui pour venir à Paris, un petit garçon, âgé d'une dizaine d'années, l'accompagnait et venait le déposer dans la loge du concierge de l'Institut. Là, M. le chancelier s'en chargeait.

A l'ordinaire, le grand Loustalot n'entendait rien de ce qui se passait autour de lui, et chacun avait soin de le laisser à ses sublimes cogitations d'où pouvait naître quelque découverte nouvelle destinée à transformer les conditions ordinaires de la vie humaine.

Mais ce jour-là, les circonstances étaient si graves que M. le secrétaire perpétuel n'hésita pas à les lui rappeler et peut-être à les lui apprendre. Le grand Loustalot n'avait pas assisté à la séance de la veille; on l'avait envoyé chercher d'urgence chez lui et il était plus que probable qu'il était le seul, à cette heure, dans le monde civilisé, à ignorer encore que Maxime d'Aulnay avait subi le même sort cruel que Jehan Mortimar, l'auteur de si *Tragiques parfums*.

« Ah! monsieur le directeur! quelle catastrophe! s'écria M. Hippolyte Patard en levant ses mains au ciel.

— Qu'y a-t-il donc, mon cher ami? daigna demander avec une grande bonhomie le grand Loustalot.

— Comment! vous ne savez pas! M. le chancelier ne vous a rien dit? C'est donc à moi qu'il revient de vous annoncer une aussi attristante nouvelle! Maxime d'Aulnay est mort!

— Dieu ait son âme! fit le grand Loustalot qui n'avait rien perdu de la foi de son enfance.

— Mort comme Jehan Mortimar, mort à l'Académie en prononçant son discours!...

— Eh bien tant mieux! déclara le savant, le plus sérieusement du monde. Voilà une bien belle mort! » Et il se frotta les mains, innocemment. Et puis, il ajouta :

« C'est pour cela que vous m'avez dérangé? »

M. le secrétaire perpétuel et M. le chancelier se regardèrent, consternés, et puis s'aperçurent, au regard vague du grand Loustalot, que l'illustre savant pensait déjà à autre chose; ils n'insistèrent pas et le conduisirent à sa place. Ils le firent asseoir, lui donnèrent du papier, une plume et un encrier et le quittèrent en ayant l'air de se dire : « Là, maintenant, il va rester tranquille! »

Puis, se retirant dans l'embrasure d'une fenêtre, M. le secrétaire perpétuel et M. le chancelier, après avoir jeté un coup d'œil satisfait sur la cour déserte, se félicitèrent du stratagème qu'ils avaient employé pour se défaire des journalistes. Ils avaient fait annoncer officiellement, la veille au soir, qu'après avoir décidé d'assister en corps aux obsèques de Maxime d'Aulnay, l'Académie ne se réunirait qu'une quinzaine de jours plus tard pour élire le successeur de Mgr d'Abbeville, car on continuait de parler du fauteuil de Mgr d'Abbeville comme si deux votes successifs ne lui avaient pas donné deux nouveaux titulaires.

Or, on avait trompé la presse. C'était le lendemain même de la mort de Maxime d'Aulnay, le jour par conséquent où nous venons d'accompagner M. Hippolyte Patard dans la salle du Dictionnaire, que l'élection devait avoir lieu. Chaque académicien avait été averti par les soins de M. le secrétaire perpétuel, en particulier, et cette séance, aussi exceptionnelle que privée, allait s'ouvrir dans la demi-heure.

M. le chancelier dit à l'oreille de M. Hippolyte Patard : « Et Martin Latouche? Avez-vous de ses nouvelles? »

Disant cela, M. le chancelier considérait M. le secrétaire perpétuel avec une émotion qu'il n'essayait nullement de dissimuler.

« Je n'en sais rien, répondit évasivement M. Patard.

— Comment!... Vous n'en savez rien?... »

M. le secrétaire perpétuel montra son courrier intact.

« Je n'ai pas encore ouvert mon courrier!

— Mais ouvrez-le donc, malheureux!...

— Vous êtes bien pressé, monsieur le chancelier! fit M. Patard avec une certaine hésitation.

— Patard, je ne vous comprends pas!...

— Vous êtes bien pressé d'apprendre que peut-être Martin Latouche, le seul qui ait osé maintenir sa candidature avec Maxime d'Aulnay, sachant du reste à ce moment qu'il ne serait pas élu... vous êtes bien pressé d'apprendre, dis-je, monsieur le chancelier, que Martin Latouche, *le seul qui nous reste*, renonce maintenant à la succession de Mgr d'Abbeville! »

M. le chancelier ouvrit des yeux effarés, mais il serra les mains de M. le secrétaire perpétuel :

« Oh! Patard! je vous comprends...

— Tant mieux! monsieur le chancelier! Tant mieux!...

— Alors... vous n'ouvrirez votre courrier... qu'après...

— Vous l'avez dit, monsieur le chancelier; il sera toujours temps pour nous d'apprendre, quand il sera élu, que Martin Latouche ne se présente pas!... Ah! c'est qu'ils ne sont pas nombreux, les candidats au *Fauteuil hanté*!... »

M. Patard avait à peine prononcé ces deux derniers mots qu'il frissonna. Il avait dit, lui, le secrétaire perpétuel, il avait dit, couramment, comme une chose naturelle : « le *fauteuil hanté*!... »

Il y eut un silence entre les deux hommes. Au-dehors, dans la cour, quelques groupes commençaient à se former, mais, tout à leur pensée, M. le secrétaire perpétuel ni le chancelier n'y prenaient garde.

M. le secrétaire perpétuel poussa un soupir. M. le chancelier, fronçant le sourcil, dit :

« Songez donc! Quelle honte *si l'Académie n'avait plus que trente-neuf fauteuils!*

— J'en mourrais! » fit Hippolyte Patard, simplement.

Et il l'eût fait comme il le disait.

Pendant ce temps, le grand Loustalot se barbouillait tranquillement le nez d'une encre noire qu'il était allé, du bout du doigt, puiser dans son encrier, croyant plonger dans sa tabatière.

Tout à coup, la porte s'ouvrit avec fracas : Barbentane entra, Barbentane, l'auteur de l'*Histoire de la maison de Condé,* le vieux camelot du roi.

« Savez-vous comment *il* s'appelle? s'écria-t-il.

— Qui donc? demanda M. le secrétaire perpétuel qui, dans le triste état d'esprit où il se trouvait, redoutait à chaque instant un nouveau malheur.

— Bien, lui! *Votre* Eliphas!

— Comment! *notre* Eliphas!

— Enfin, *leur* Eliphas!... Eh bien, M. Eliphas de Saint-Elme de Taillebourg de la Nox s'appelle Borigo, comme tout le monde! M. Borigo! »

D'autres académiciens venaient d'entrer. Ils parlaient tous avec la plus grande animation.

« Oui! Oui! répétaient-ils, « M. Borigo »! La belle Mme de Bithynie se faisait raconter la bonne aventure par M. Borigo!... Ce sont les journalistes qui le disent!

— Les journalistes sont donc là! s'exclama M. le secrétaire perpétuel.

— Comment! s'ils sont là? Mais ils remplissent la cour. Ils savent que nous nous réunissons et ils prétendent que Martin Latouche ne se présente plus. »

M. Patard pâlit. Il osa dire, dans un souffle :

« Je n'ai reçu aucune communication à cet égard... »

Tous l'interrogeaient, anxieux. Il les rassurait sans conviction.

« C'est encore une invention des journalistes. Je connais Martin Latouche... Martin Latouche n'est pas homme à se laisser intimider... Du reste, nous allons tout de suite procéder à son élection... »

Il fut interrompu par l'arrivée brutale de l'un des deux parrains de Maxime d'Aulnay, M. le comte de Bray.

« Savez-vous ce qu'il vendait, votre Borigo! demanda-t-il. Il vendait de l'huile d'olive!... Et comme il est né au bord de la Provence, dans la vallée du Careï, il s'est d'abord fait appeler Jean Borigo du Careï... »

A ce moment la porte s'ouvrit à nouveau et M. Raymond de la Beyssière, le vieil égyptologue qui avait écrit des pyramides de volumes sur la première pyramide elle-même, entra.

« C'est sous ce nom-là, Jean Borigo du Careï, que je l'ai connu! » fit-il simplement.

Un silence de glace accueillit l'entrée de M. Raymond de la Beyssière. Cet homme était le seul qui avait voté pour Eliphas. L'Académie devait à cet homme la honte d'avoir accordé une voix à la candidature d'un Eliphas! Mais Raymond de la Beyssière était un vieil ami de la belle Mme de Bithynie.

M. le secrétaire perpétuel alla vers lui.

« Notre cher collègue, fit-il, pourrait-il nous dire si, à cette époque, M. Borigo vendait de l'huile d'olive, ou des peaux d'enfant, ou des dents de loup, ou de la graisse de pendu? »

Il y eut des rires. M. Raymond de la Beyssière fit celui qui ne les entendait pas. Il répondit :

« Non! A cette époque il était, en Egypte, le secrétaire de Mariette-bey, l'illustre continuateur de Champollion, et il déchiffrait les textes mystérieux qui sont gravés, depuis des millénaires, à Sakkarah, sur les parois funéraires des pyramides des rois de la Ve et de la VIe dynastie, et il cherchait *le secret de Toth!* »

Ayant dit, le vieil égyptologue se dirigea vers sa place.

Or, son fauteuil était occupé par un collègue qui n'y prit point garde. M. Hippolyte Patard, qui suivait M. de la Beyssière d'un œil perfide, par-dessus ses lunettes, lui dit :

« Eh bien, mon cher collègue? Vous ne vous asseyez point? Le fauteuil de Mgr d'Abbeville vous tend les bras! »

M. de la Beyssière répondit sur un ton qui fit se retourner quelques Immortels.

« Non! Je ne m'assiérai point dans le fauteuil de Mgr d'Abbeville!

— Et pourquoi? lui demanda avec un petit rire déplaisant M. le secrétaire perpétuel. Pourquoi ne vous assiériez-vous point dans le fauteuil de Mgr d'Abbeville? Est-ce que, par hasard, vous prendriez, vous aussi, au sérieux, toutes les balivernes que l'on raconte sur le *Fauteuil hanté?*

— Je ne prends au sérieux aucune baliverne, monsieur le secrétaire perpétuel, mais je ne m'y assiérai point parce que cela ne me plaît pas, c'est simple! »

Le collègue qui avait pris la place de M. Raymond de la Beyssière la lui céda aussitôt et lui demanda fort convenablement et sans raillerie aucune cette fois, s'il croyait, lui, Raymond de la Beyssière, qui avait vécu longtemps en Egypte, et qui, par ses études, avait pu remonter aussi loin que tout autre jusqu'aux origines de la Kabbale, *s'il croyait au mauvais sort?*

« Je n'aurai garde de le nier! » dit-il.

Cette déclaration fit dresser l'oreille à tout le monde et comme il s'en fallait encore d'un quart d'heure que l'on procédât au scrutin, cause de la réunion, ce jour-là, de tant d'Immortels, on pria M. de la Beyssière de vouloir bien s'expliquer.

L'académicien constata, d'un coup d'œil circulaire, que

personne ne souriait et que M. Patard avait perdu son
petit air de facétie.

Alors, d'une voix grave, il dit :

« Nous touchons ici au mystère. Tout ce qui vous en-
toure et qu'on ne voit pas est mystère et la science moderne
qui a, mieux que l'ancienne, pénétré ce que l'on voit,
est très en retard sur l'ancienne pour ce que l'on ne voit
pas. Qui a pu pénétrer l'ancienne science a pu pénétrer
ce qu'on ne voit pas. On ne voit pas « le mauvais sort »,
mais il existe. Qui nierait la veine ou la déveine? L'une ou
l'autre s'attache aux personnes ou aux entreprises ou aux
choses avec un acharnement éclatant. Aujourd'hui on
parle de la veine ou de la déveine comme d'une fatalité
contre laquelle il n'y a rien à faire. L'ancienne science
avait mesuré, après des centaines de siècles d'étude, cette
force secrète, et il se peut — je dis il se peut — que
celui qui serait remonté jusqu'à la source de cette science
eût appris d'elle à diriger cette force, c'est-à-dire *à jeter
le bon ou le mauvais sort*. Parfaitement. »

Il y eut un silence. Tous se taisaient maintenant en
regardant le *Fauteuil*.

Au bout d'un instant, M. le chancelier dit :

« Et M. Eliphas de la Nox a-t-il véritablement pénétré
ce qu'on ne voit pas?

— Je le crois, répondit avec fermeté M. Raymond de la
Beyssière, sans quoi je n'aurais pas voté pour lui. C'est
sa science réelle de la Kabbale qui le faisait digne d'entrer
parmi nous.

« La Kabbale, ajouta-t-il, qui semble vouloir renaître
de nos jours sous le nom de *Pneumatologie,* est la plus
ancienne des sciences et d'autant plus respectable. Il n'y
a que les sots pour en rire. »

Et M. Raymond de la Beyssière regarda à nouveau autour de lui. Mais personne ne riait plus.

La salle, peu à peu, s'était remplie. Quelqu'un demanda :

« Qu'est-ce que c'est que le *secret de Toth?*

— Toth, répondit le savant, est l'inventeur de la magie égyptiaque et son secret est celui de la vie et de la mort. »

On entendit la petite flûte de M. le secrétaire perpétuel :

« Avec un secret pareil, ça doit être bien vexant de ne pas être élu à l'Académie française!

— Monsieur le secrétaire perpétuel, déclara avec solennité M. Raymond de la Beyssière, si M. Borigo ou M. Eliphas — appelez-le comme vous voulez, cela n'a pas d'importance —, si cet homme a surpris, comme il le prétend, le secret de Toth, il est plus fort que vous et moi, je vous prie de le croire, et si j'avais eu le malheur de m'en faire un ennemi, j'aimerais mieux rencontrer sur mon chemin, la nuit, une troupe de bandits armés, qu'en pleine lumière cet homme, les mains nues! »

Le vieil égyptologue avait prononcé ces derniers mots avec tant de force et de conviction, qu'ils ne manquèrent point de faire sensation.

Mais M. le secrétaire perpétuel reprit avec un petit rire sec :

« C'est peut-être Toth qui lui a appris à se promener dans les salons de Paris avec une robe phosphorescente!... A ce qu'il paraît qu'il présidait les réunions *pneumatiques* chez la belle Mme de Bithynie, dans une robe qui faisait de la lumière!...

— Chacun, répondit tranquillement M. Raymond de la Beyssière, chacun a ses petites manies.

— Que voulez-vous dire? demanda imprudemment M. le secrétaire perpétuel.

— Rien! répliqua énigmatiquement M. de la Beyssière;

seulement, mon cher secrétaire perpétuel, permettez-moi
de m'étonner qu'un mage aussi sérieux que M. Borigo du
Careï trouve, pour le railler, le plus fétichiste d'entre
nous!

— Moi, fétichiste! » s'écria M. Hippolyte Patard, en
marchant sur son collègue, la bouche ouverte, le dentier
en avant, comme s'il avait résolu de dévorer d'un coup
toute l'égyptologie... « où avez-vous pris, monsieur, que
j'étais fétichiste?

— En vous voyant toucher du bois quand vous croyez
qu'on ne vous regarde pas!

— Moi, toucher du bois, vous m'avez vu, moi, toucher
du bois?

— Plus de vingt fois par jour!...

— Vous en avez menti, monsieur! »

Aussitôt on s'interposa. On entendit des : « Allons,
messieurs!... messieurs! et des : « Monsieur le secrétaire
perpétuel, calmez-vous! » et des : « Monsieur de la Beyssière, cette querelle est indigne et de vous et de cette
enceinte! »

Et toute l'illustre assemblée était dans un état de fièvre
incroyable pour des Immortels; seul le grand Loustalot
paraissait ne rien voir, ne rien entendre et plongeait maintenant avec conviction sa plume dans sa tabatière.

M. Hippolyte Patard s'était dressé sur la pointe des
pieds et criait du haut de la tête, ses petits yeux fou-
droyant le vieux Raymond :

« Il nous ennuie à la fin celui-là, avec son Eliphas de
Feu Saint-Elme de Taille-à-rebours de la Boxe du Bourri-
cot du Careï!... »

M. Raymond de la Beyssière, devant une plaisanterie
aussi furieuse et aussi déplacée dans la bouche d'un secrétaire perpétuel, garda tout son sang-froid.

« Monsieur le secrétaire perpétuel, dit-il, je n'ai jamais

menti de ma vie et ce n'est pas à mon âge que je commencerai. Pas plus tard qu'hier, avant la séance solennelle, je vous ai vu embrasser le manche de votre parapluie!... »

M. Hippolyte Patard bondit et l'on eut toutes les peines du monde à l'empêcher de se livrer à des voies de fait sur la personne du vieil égyptologue. Il criait :

« Mon parapluie... Mon parapluie!... D'abord, je vous défends de parler de mon parapluie!... »

Mais M. de la Beyssière le fit taire en lui montrant, d'un geste tragique, le *Fauteuil hanté* :

« Puisque vous n'êtes pas fétichiste, asseyez-vous donc dessus, si vous l'osez!... »

L'assemblée qui était en rumeur fut du coup immobilisée. Tous les yeux allaient maintenant du fauteuil à M. Hippolyte Patard, et de M. Hippolyte Patard au fauteuil.

M. Hippolyte Patard déclara :

« Je m'assiérai si je veux! Je n'ai d'ordres à recevoir de personne!.. D'abord, messieurs, permettez-moi de vous faire remarquer que l'heure d'ouvrir le scrutin est sonnée depuis cinq minutes... »

Et il regagna sa place, ayant recouvré soudain une grande dignité.

Il n'arriva point cependant à son pupitre sans que quelques sourires l'accompagnassent.

Il les vit, et comme chacun prenait un siège pour la séance qui allait commencer... et que le *Fauteuil hanté* restait vide, il dit, de son petit air pincé, l'air du Patard citron :

« Les règlements ne s'opposent pas à ce que celui de mes collègues qui désire s'asseoir dans le fauteuil de Mgr d'Abbeville, y prenne place. »

Nul ne bougea. L'un de ces messieurs, qui avait de

l'esprit, soulagea la conscience de tout le monde par cette explication :

« Il vaut mieux ne pas s'y asseoir par respect pour la mémoire de Mgr d'Abbeville. »

Au premier tour, l'unique candidat, Martin Latouche, fut élu à l'unanimité.

Alors M. Hippolyte Patard ouvrit son courrier.

Et il eut la joie, qui le consola de bien des choses, de ne pas y trouver des nouvelles de M. Martin Latouche.

Servilement, il reçut de l'Académie la mission exceptionnelle d'aller annoncer lui-même à M. Martin Latouche l'heureux événement.

Ça ne s'était jamais vu.

« Qu'est-ce que vous allez lui dire? » demanda le chancelier à M. Hippolyte Patard.

M. le secrétaire perpétuel, dont la tête se troublait un peu à la suite de toutes ces ridicules histoires, répondit vaguement :

« Qu'est-ce que vous voulez que je lui dise?... Je lui dirai : « *Du courage, mon ami...* »

Et c'est ainsi que ce soir-là, sur le coup de dix heures, une ombre qui semblait prendre les plus grandes précautions pour n'être point suivie, se glissait sur les trottoirs déserts de la vieille place Dauphine, et s'arrêtait devant une petite maison basse, dont elle fit résonner le marteau assez lugubrement dans cette solitude.

III

LA BOÎTE QUI MARCHE

M. HIPPOLYTE PATARD ne sortait jamais après son dîner. Il ne savait pas ce que c'était que de se promener la nuit dans les rues de Paris. Il avait entendu dire, et il avait lu dans les journaux, que c'était très dangereux. Quand il rêvait de Paris, la nuit, il apercevait des rues sombres et tortueuses qu'éclairait çà et là une lanterne, et que traversaient des ombres louches, à l'affût des bourgeois, comme au temps de Louis XV.

Or, comme M. le secrétaire perpétuel continuait d'habiter, au vilain carrefour Buci, un petit appartement qu'aucun triomphe littéraire, qu'aucune situation académique n'avaient pu lui faire quitter, M. Hippolyte Patard, cette nuit-là où il se rendit à la silencieuse place Dauphine par d'antiques rues étroites, les quais déserts, et l'inquiétant Pont-Neuf, ne trouva aucune différence entre son imagination et la lugubre réalité.

Aussi avait-il peur.

Avait-il peur des voleurs...

Et des journalistes... surtout.

Il tremblait à l'idée que quelque gazetier le surprît, lui, M. le secrétaire perpétuel, faisant une démarche nocturne chez le nouvel académicien, Martin Latouche.

Mais il avait préféré, pour une aussi exceptionnelle besogne, l'ombre propice à l'éclat du jour.

Et puis, pour tout dire, M. Hippolyte Patard se dérangeait moins, cette nuit-là, pour annoncer officiellement, malgré tous les usages, à Martin Latouche, qu'il était élu (événement, du reste, que Martin Latouche ne devait plus ignorer), que pour apprendre de Martin Latouche lui-même s'il était vrai qu'il eût déclaré qu'il ne s'était pas « représenté », et qu'il refusait le fauteuil de Mgr d'Abbeville.

Car telle était la version des journaux du soir.

Si elle était exacte, la situation de l'Académie française devenait terrible... et ridicule.

M. Hippolyte Patard n'avait pas hésité. Ayant lu l'affreuse nouvelle après son dîner, il avait mis son pardessus et son chapeau, pris son parapluie, et il était descendu dans la rue...

Dans la rue toute noire...

Et maintenant, il tremblait sur la place Dauphine, devant la porte de Martin Latouche dont il avait soulevé le marteau.

Le marteau avait frappé, mais la porte ne s'était pas ouverte...

Et il sembla bien à M. le secrétaire perpétuel qu'il avait aperçu sur sa gauche, à la lueur vacillante d'un réverbère, une ombre bizarre, étonnante, inexplicable.

Certainement, *il avait vu comme une boîte qui marchait.*

C'était une boîte carrée qui avait de petites jambes et qui s'était enfuie dans la nuit, sans bruit.

Au-dessus de la boîte, M. Patard n'avait rien vu, rien distingué. Une boîte qui marche! la nuit! place Dauphine! M. le secrétaire perpétuel frappa du marteau sur la porte, avec frénésie.

Et c'est à peine s'il osa jeter un nouveau coup d'œil du côté où s'était produite cette étrange apparition.

Un petit judas venait de s'ouvrir et de s'éclairer dans la porte vétuste de l'immeuble habité par Martin Latouche. Un jet de lumière vint frapper, en plein, le visage effaré de M. le secrétaire perpétuel.

« Qui êtes-vous? Que voulez-vous? demanda une voix rude.

— C'est moi, M. Hippolyte Patard.

— Patard?

— Secrétaire perpétuel... Académie... »

A ce mot « Académie » le judas se referma avec fracas, et M. le secrétaire perpétuel se trouva à nouveau isolé sur la silencieuse place.

Puis, tout à coup, sur sa droite, cette fois, il revit passer l'ombre de la *boîte qui marche.*

La sueur coulait maintenant tout au long des joues maigres du délégué extraordinaire de l'illustre Compagnie, et il est juste de dire, à la louange de M. Hippolyte Patard, que l'émotion à laquelle il était prêt à succomber, dans cette minute cruelle, lui venait moins de la vision inouïe de la *boîte qui marche,* et de la peur des voleurs, que de l'affront que l'Académie française tout entière venait de subir dans la personne de son secrétaire perpétuel.

La boîte, aussitôt apparue, avait redisparu.

Défaillant, le malheureux jetait autour de lui des regards vagues.

Ah! la vieille, vieille place, avec ses trottoirs exhaussés, à escaliers, ses façades mornes, trouées de fenêtres immenses, dont les carreaux noirs et nus semblaient garder inutilement des courants d'air les vastes pièces abandonnées depuis des années sans nombre.

Les yeux éplorés de M. Hippolyte Patard fixèrent un moment, par-delà les toits aigus, la voûte céleste où glissaient les nuées lourdes, et puis redescendirent sur la terre, tout juste pour revoir, dans l'espace qui s'étend devant le Palais de justice éclairé par un bref rayon de lune, la *boîte qui marche.*

A la vérité, elle courait de toute la force de ses petites jambes, du côté de l'Horloge.

Et c'était diabolique!

Le pauvre homme toucha désespérément, des deux mains, le manche en bois de son parapluie.

Et soudain, il sursauta.

Quelque chose venait d'éclater derrière lui...

Une voix de colère...

« C'est encore lui! c'est encore lui! Ah! je vais lui administrer une de ces volées... »

M. Hippolyte Patard s'accrocha au mur, les jambes molles, sans force, incapable de pousser un cri... Une espèce de bâton, quelque manche à balai tournoyait au-dessus de sa tête.

Il ferma les yeux, prêt au trépas, offrant sa mort à l'Académie.

Et il les rouvrit, étonné d'être encore en vie. Le manche à balai toujours tournoyant, au-dessus d'une envolée de jupes, s'éloignait, accompagné d'un bruit précipité de galoches qui claquaient sur les trottoirs.

Ce balai, ces cris, ces menaces n'étaient donc point pour lui; il respira.

Mais d'où était sortie cette nouvelle apparition?

M. Patard se retourna. La porte derrière lui était entrouverte. Il la poussa et entra dans un corridor qui le conduisit à une cour où s'était donné rendez-vous toute la bise d'hiver.

Il était chez Martin Latouche.

M. le secrétaire perpétuel s'était documenté. Il savait

que Martin Latouche était un vieux garçon, qui n'aimait au monde que la musique, et qui vivait avec une vieille gouvernante qui, elle, ne la supportait pas; cette gouvernante était fort tyrannique, et elle avait la réputation de mener la vie dure au bonhomme. Mais elle lui était dévouée plus qu'on ne saurait dire et, quand il avait été bien sage, elle le cajolait en revanche, comme un enfant. Martin Latouche subissait ce dévouement avec la résignation d'un martyr. Le grand Jean-Jacques, lui aussi, connut des épreuves de ce genre et cela ne l'a pas empêché d'écrire *La Nouvelle Héloïse*. Martin Latouche, malgré la haine de Babette pour la mélodie et les instruments à vent, n'en avait pas moins rédigé fort correctement, en cinq gros volumes, une *Histoire de la Musique*, qui avait obtenu les plus hautes récompenses à l'Académie française.

M. Hippolyte Patard s'arrêta dans le couloir, à l'entrée de la cour, persuadé qu'il venait de voir sortir et d'entendre la terrible Babette.

Il pensait bien qu'elle allait revenir.

C'est dans cet espoir qu'il se tint coi, n'osant appeler, de peur de réveiller peut-être des locataires irascibles, et ne se risquant point dans la cour, de peur de se rompre le cou.

La patience de M. le secrétaire perpétuel devait être récompensée. Les galoches claquèrent à nouveau, et la porte d'entrée fut refermée bruyamment.

Et aussitôt une forme noire vint se heurter contre le timide visiteur.

« Qui est là?

— C'est moi, Hippolyte Patard... Académie, secrétaire perpétuel... », fit une voix tremblante...

O Richelieu!...

« Qu'est-ce que vous voulez?

— M. Martin Latouche...

— Il n'est pas là... mais entrez tout de même... j'ai quelque chose à vous dire... »

Et M. Hippolyte Patard fut poussé dans une pièce dont la porte s'ouvrait sous la voûte.

Le pauvre secrétaire perpétuel s'aperçut alors, à la lueur d'un quinquet qui brûlait sur une table grossière en bois blanc et qui éclairait, contre le mur, toute une batterie de cuisine, qu'on l'avait fait entrer dans l'office.

La porte avait claqué derrière lui.

Et, devant lui, il voyait un ventre énorme recouvert d'un tablier à carreaux, et deux poings appuyés sur deux formidables hanches. L'un de ces poings tenait toujours le manche à balai.

Au-dessus, dans l'ombre, une voix, la voix de rogomme vers laquelle M. Hippolyte Patard n'osait pas lever les yeux, disait :

« *Vous voulez donc le tuer?* »

Et ceci était dit avec un accent particulier à l'Aveyron, car Babette était de Rodez comme Martin Latouche.

M. Hippolyte Patard ne répondit pas, mais il tressaillit.

Et la voix reprit :

« Dites, *monsieur le Perpétuel*, vous voulez donc le tuer? »

« Monsieur le Perpétuel » secoua énergiquement la tête en signe de dénégation.

« Non, finit-il pas oser dire... Non, madame, je ne veux pas le tuer, mais je voudrais bien le voir.

— Eh bien, vous allez le voir, monsieur le Perpétuel, parce qu'au fond, vous avez une bonne tête d'honnête homme qui me revient... Vous allez le voir, car il est ici... Mais auparavant, il faut que je vous parle... C'est pour ça qu'il faut me pardonner, monsieur le Perpétuel, d'avoir fait entrer un homme comme vous dans mon office... »

Et la terrible Babette, ayant enfin déposé son manche
à balai, fit signe à M. Hippolyte Patard de la suivre
au coin d'une fenêtre où ils trouvèrent chacun une
chaise.

Mais avant que de s'asseoir, la Babette alla cacher son
quinquet tout derrière la cheminée, de telle sorte que le
coin où elle avait entraîné « M. le Perpétuel » se
trouvait plongé dans une nuit opaque. Puis elle revint, et,
tout doucement, ouvrit l'un des volets intérieurs qui fermaient la fenêtre. Alors, un pan de fenêtre apparut avec
ses barreaux de fer; et un peu de la lueur tremblotante
du réverbère, abandonné sur le trottoir d'en face, ayant
glissé à travers ces barreaux, la figure de Babette en fut
doucement éclairée. M. le secrétaire perpétuel la regarda
et fut rassuré, bien que toutes les précautions prises par
la vieille servante n'eussent point manqué de l'intriguer,
et même de l'inquiéter. Cette figure, qui devait être, dans
certains moments, bien redoutable à voir, exprimait, dans
cette sombre minute, une douceur apitoyée qui donnait
confiance.

« Monsieur le Perpétuel, dit la Babette en s'asseyant en
face de l'académicien, ne vous étonnez pas de mes ma-
nières; je vous mets dans le noir pour surveiller le vielleux. Mais il ne s'agit pas de ça pour le moment... pour
le moment je ne veux vous dire qu'une chose (et la voix
de rogomme se fit entendre jusqu'aux larmes) : *Voulez-
vous le tuer?* »

Ce disant, la Babette avait pris dans ses mains les mains
d'Hippolyte Patard qui ne les retira point, car il commençait d'être profondément ému par cet accent désolé qui
venait du cœur en passant par l'Aveyron.

« Ecoutez, continua la Babette, je vous le demande,
monsieur le Perpétuel, je vous le demande bien sincère-
ment, en votre âme et conscience, comme on dit chez les

juges, est-ce que vous croyez que toutes ces morts-là, *c'est naturel?* Répondez-moi, monsieur le Perpétuel! »

A cette question, à laquelle il ne s'attendait pas, M. le « Perpétuel » sentit un certain trouble. Mais, au bout d'un instant qui parut bien solennel à la Babette, il répondit d'une voix affermie :

« En mon âme et conscience, oui... je crois que ces morts sont naturelles... »

Il y eut encore un silence. « Monsieur le Perpétuel, fit la voix grave de Babette, vous n'avez peut-être pas assez réfléchi...

— Les médecins, madame, ont déclaré...

— Les médecins se trompent souvent, monsieur... On a vu ça, en justice... songez-y, monsieur le Perpétuel. Ecoutez : je vais vous dire une chose... *On ne meurt pas comme ça, tout d'un coup, au même endroit, à deux, en disant quasi les mêmes paroles, à quelques semaines de distance sans que ça ait été préparé!* »

La Babette, dans son langage plus expressif que correct, avait admirablement résumé la situation. M. le secrétaire perpétuel en fut frappé.

« Qu'est-ce que vous croyez donc? demanda-t-il.

— Je crois que votre Eliphas de la Nox est un vilain sorcier... Il a dit qu'il se vengerait et il les a empoisonnés... Le poison était peut-être dans la lettre... Vous ne me croyez pas?... Et ça n'est peut-être pas ça? Mais, monsieur le Perpétuel, écoutez-moi bien... c'est peut-être autre chose!... Je vais vous poser une question : En votre âme et conscience, si, en faisant son compliment, M. Latouche tombait mort comme les deux autres, croiriez-vous toujours que *c'est naturel?* »

— Non, je ne le croirais pas! répondit sans hésiter M. Hippolyte Patard.

— En votre âme et conscience?

— En mon âme et conscience!

— Eh bien, moi, monsieur le Perpétuel, je ne veux pas qu'il meure!

— Mais il ne mourra pas, madame!

— C'est ce qu'on a dit pour ce M. d'Aulnay et il est mort!

— Ce n'est pas une raison pour que M. Latouche...

— Possible! En tout cas, moi, *je lui ai défendu* de se présenter à votre Académie...

— Mais il est élu, madame!... Il est élu!...

— Non, puisqu'il ne s'est pas présenté! Ah! c'est ce que j'ai répondu à tous les journalistes qui sont venus ici... Il n'y a pas à se dédire.

— Comment! il ne s'est pas présenté! Mais nous avons des lettres de lui.

— Ça ne compte plus... depuis la dernière qu'il vous a écrite hier soir, devant moi, aussitôt qu'on a eu appris la mort de ce M. d'Aulnay... Il l'a écrite là, devant moi; on ne dira pas le contraire... Et vous avez dû la recevoir ce matin... Il me l'a lue... Il disait qu'il ne se présentait plus à l'Académie.

— Je vous jure, madame, que je ne l'ai pas reçue! » déclara M. Hippolyte Patard.

Babette attendit avant de répondre, puis elle se décida :

« Je vous crois, monsieur le Perpétuel.

— La poste, énonça M. Patard, fait quelquefois mal son service.

— Non, répondit avec un soupir Babette, non, monsieur le Perpétuel!... ça n'est pas ça! Vous n'avez pas reçu la lettre parce qu'*il* ne l'a pas mise à la poste. »

Et elle poussa un nouveau soupir.

« Il avait tant envie d'être de votre Académie, monsieur le Perpétuel! »

Et la Babette pleura.

« Oh! ça lui portera malheur!... ça lui portera malheur! »

Dans ses larmes, elle disait encore :

« J'ai des pressentiments... des hantises qui ne trompent pas... N'est-ce pas, monsieur le Perpétuel, que ce ne serait pas naturel s'il mourait comme les autres... Alors ne faites pas tout pour qu'il meure comme les autres... ne lui faites pas faire son compliment!...

— Ça, répondit tout de suite M. Hippolyte Patard, dont les yeux étaient humides... ça, c'est impossible!... Il faut bien que quelqu'un finisse par prononcer l'éloge de Mgr d'Abbeville.

— Moi, ça m'est égal, répliqua Babette. Mais lui, hélas! il ne pense qu'à ça. A faire des compliments de Mgr d'Abbeville... Il n'est pas méchant pour un sou... Ah! des compliments, il lui en fera!... C'est pas ça qui le retiendra d'être de votre Académie... mais j'ai des hantises, je vous dis. »

Tout à coup la Babette s'était arrêtée de pleurer.

« Chut! » fit-elle.

Elle fixait maintenant, d'un air farouche, le trottoir d'en face... M. le secrétaire perpétuel suivit ce regard, et il aperçut alors, en plein sous le réverbère, *la boîte qui marche;* seulement la boîte avait maintenant non seulement des jambes, mais une tête... une extraordinaire tête chevelue et barbue... qui dépassait à peine l'énorme caisse...

« Un joueur d'orgue de Barbarie... murmura M. Hippolyte Patard.

— Un vielleux!... corrigea dans un souffle la Babette, pour qui tous les joueurs de musique, dans les cours, étaient des vielleux... Le voilà revenu, ma parole! Il nous croit peut-être couchés; bougez plus! »

Elle était tellement émue qu'on entendait battre son cœur...

Elle dit encore entre ses dents :

« On va bien voir ce qu'il va faire! »

En face, *la boîte qui marche* ne marchait plus.

Et la tête chevelue, barbue, au-dessus de la boîte, regardait, sans remuer, du côté de M. Patard et de la Babette, mais certainement sans les voir.

Cette tête était si broussailleuse qu'on n'en pouvait distinguer aucun trait; mais ses yeux étaient vifs et perçants.

M. Hippolyte Patard pensa : « J'ai vu ces yeux-là quelque part. »

Et il en fut plus inquiet. Cependant, il n'avait pas besoin d'événement nouveau pour accroître un trouble qui allait tout seul s'élargissant. L'heure était si bizarre, si incertaine, si mystérieuse, au fond de cette vieille cuisine, derrière les barreaux de cette fenêtre obscure, en face de cette brave servante qui lui avait retourné le cœur avec ses questions.... (En vérité! En vérité! Il avait répondu que ces deux morts étaient naturelles!... Et si l'autre aussi, le troisième, allait mourir! Quelle responsabilité pour M. Hippolyte Patard, et quels remords!)

Et le cœur de M. le Perpétuel battait maintenant aussi fort que celui de la vieille Babette...

Que faisait, à cette heure, sur ce trottoir désert, la tête chevelue, barbue, au-dessus de l'orgue de Barbarie? Pourquoi la boîte avait-elle si singulièrement marché tout à l'heure, paraissant, disparaissant, revenant après avoir été chassée? (Car, certainement, c'était elle que la vieille Babette avait poursuivie si ardemment, de toute la vitesse de ses galoches, sur les trottoirs, jusqu'au fond de la nuit.) Pourquoi la boîte était-elle revenue sous le réverbère d'en face, avec cette barbe impénétrable, et ces petits yeux papillotants?... « On va bien voir ce qu'*il* va faire... » avait dit Babette...

... Mais *il* ne faisait rien que regarder...

« Attendez! souffla la servante... attendez! »

Et, avec mille précautions, elle se dirigea vers la porte de la cuisine... Evidemment, elle allait recommencer sa chasse... Ah! elle était brave, malgré sa peur!...

M. le secrétaire perpétuel avait, un instant, quitté des yeux la boîte immobile sur le trottoir, pour suivre les mouvements de Babette; quand il regarda à nouveau dans la rue, la boîte avait disparu.

« Oh! il est parti », fit-il. Babette revint près de la fenêtre.

Elle regarda, elle aussi, dans la rue...

« Plus rien! gémit-elle. Il me fera mourir de peur!... Si jamais je tiens sa barbe dans mes doigts crochus!...

— Qu'est-ce qu'il veut?... demanda à tout hasard M. le secrétaire perpétuel.

— Il faut le lui demander, monsieur le Perpétuel! il faut le lui demander!... Mais il ne se laisse pas approcher... il est plus fuyant qu'une ombre... Et puis, vous savez, moi, je suis de Rodez! Et les vielleux ça porte malheur!

— Ah! fit M. le Perpétuel en touchant le manche de son parapluie... Et pourquoi? »

Babette, pendant qu'elle se signait, prononça à voix très basse :

« La Bancal...

— Quoi? La Bancal?

— ... La Bancal avait fait venir des vielleux qui jouaient de la musique dans la rue, pour qu'on ne l'entende pas assassiner ce pauvre M. Fualdès... C'est pourtant bien connu, ça... monsieur le Perpétuel.

— Oui, oui, je sais... en effet, l'affaire Fualdès... Mais je ne vois pas...

— Vous ne voyez pas?... Mais entendez-vous? Entendez-vous? »

Et la Babette, penchée dans un geste tragique, l'oreille collée au carreau, semblait entendre des choses qui n'arrivaient point jusqu'à M. Hippolyte Patard, ce qui n'empêcha point celui-ci de se lever dans une grande agitation.

« Vous allez me conduire auprès de M. Martin Latouche, tout de suite », fit-il en s'efforçant de montrer quelque autorité.

Mais la Babette était retombée sur sa chaise...

« Je suis folle! fit-elle... J'avais cru... mais ce n'est pas possible des choses pareilles... Vous n'avez rien entendu, vous, monsieur le Perpétuel?

— Non, rien du tout...

— Oui... je deviendrai folle avec ce vielleux qui ne nous quitte plus.

— Comment cela? Il ne vous quitte plus.

— Eh! en plein jour, dans le moment qu'on s'y attend le moins, on le trouve dans la cour... Je le chasse... Je le retrouve dans l'escalier... Dans un coin de porte, n'importe où... Tout lui est bon pour cacher sa boîte à musique... Et la nuit, il rôde sous nos fenêtres...

— Voilà, en effet, qui n'est pas naturel, prononça M. le secrétaire perpétuel.

— Vous voyez bien!... Je ne vous le fais pas dire...

— Il y a longtemps qu'il rôde par ici?

— Depuis trois mois environ...

— Tant de temps que ça?...

— Oh! il est quelquefois des semaines sans reparaître... Tenez, la première fois que je l'ai vu, c'était le jour... »

Et la Babette s'arrêta.

« Eh bien? » interrogea Patard, frappé de ce silence subit.

La vieille servante murmura :

« Il y a des choses que je ne dois pas dire... mais, tout de même, monsieur le Perpétuel, le vielleux nous est venu dans le temps que M. Latouche s'est présenté à votre Académie... même que je lui ai dit : c'est pas bon signe! Et c'est justement dans le temps que les autres sont morts. Et quand on reparle de votre Académie, c'est toujours dans ce temps-là qu'il revient... Non, non, tout ça, c'est pas naturel... Mais je peux rien vous dire... »

Et elle secoua la tête avec énergie. M. Patard était maintenant fort intrigué. Il se rassit. Babette reprenait, comme se parlant à elle-même :

« Il y a des fois que je me raisonne... Je me dis que c'est une idée comme ça. A Rodez, quand on voyait, de mon temps, un vielleux, on se signait, et les petits enfants lui jetaient des pierres... et il se sauvait. »

Et elle ajouta, pensive :

« Mais celui-là, il revient toujours.

— Vous disiez que vous ne pouviez rien me dire, insinua M. Patard; est-ce qu'il s'agit des vielleux?

— Oh! il n'y a pas que les vielleux... »

Mais elle secoua encore la tête, comme pour chasser l'envie qui la tenaillait de parler. Plus elle secouait la tête, plus M. Patard désirait que la vieille Babette parlât.

Il dit, résolu à frapper un grand coup :

« Après tout, ces morts-là... ne sont peut-être pas si naturelles qu'on pourrait le croire... Et si vous savez quelque chose, madame, vous serez plus coupable que nous tous... de tout ce qui pourra arriver. »

La Babette joignit les mains comme en prière...

« J'ai juré sur le Bon Dieu », fit-elle.

M. Patard se leva tout droit.

« Conduisez-moi, madame, auprès de votre maître. »

La Babette sursauta :

« Alors, c'est bien fini? implora-t-elle.

— Quoi donc? interrogea d'une voix un peu rude M. le secrétaire perpétuel.

— Je vous demande : c'est bien fini? Vous l'avez élu de votre Académie... il en est... et il dira des compliments à votre Mgr d'Abbeville?

— Mais oui, madame.

— Et il fera son compliment... devant tout le monde?

— Certainement.

— Comme les deux autres.

— Comme les deux autres?... Il le faut bien! »

Mais ici la voix de M. le secrétaire perpétuel n'était plus rude du tout... Elle tremblait même un peu.

« Eh bien, vous êtes des assassins! » fit la Babette, tranquillement, avec un grand signe de croix, et elle continua :

« ... Mais je ne laisserai pas assassiner M. Latouche, et je le sauverai malgré lui... malgré ce que j'ai juré... Monsieur le Perpétuel, asseyez-vous... je vais tout vous dire. »

Et elle se jeta à genoux sur le carreau.

« J'ai juré sur mon salut, et je manque à mon serment... Mais le Bon Dieu qui lit dans mon cœur me pardonnera. Voilà exactement ce qui est arrivé... »

M. Patard écoutait avidement la Babette, en regardant vaguement, par le volet entrouvert, dans la rue... Il vit que le vielleux était revenu et qu'il levait ses yeux papillotants en l'air, fixant quelque chose au-dessus de la tête de M. Patard, vers le premier étage de la maison. M. Patard tressaillit. Toutefois, il resta assez maître de lui pour ne point révéler, par quelque mouvement brusque, à la Babette ce qui se passait dans la rue... Et elle ne fut pas interrompue dans son récit.

A genoux, elle ne pouvait rien voir. Et elle n'essayait de rien voir. Elle parlait douloureusement, en soupirant, et d'une seule traite, comme à confesse... pour être plus tôt débarrassée du poids qui pesait sur sa conscience.

« Il est donc arrivé que deux jours après que vous n'avez pas voulu de mon maître à votre Académie (car, à ce moment-là, vous n'en avez pas voulu, et vous avez pris à sa place un M. Mortimar, comme vous avez pris après le M. d'Aulnay), eh bien, un après-midi que je devais m'absenter et où j'étais restée cependant à ma cuisine, sans que M. Latouche en sache rien, j'ai vu arriver un monsieur qui a trouvé tout seul le chemin de l'escalier pour monter chez mon maître, et qui s'est enfermé avec lui. Je ne l'avais jamais vu. Cinq minutes plus tard, un autre monsieur, que je ne connaissais pas non plus, est arrivé à son tour... et il est monté comme l'autre, rapidement, comme s'il avait peur qu'on l'aperçoive... et je l'ai entendu frapper à la porte de la bibliothèque qui a été ouverte tout de suite, et, maintenant, ils étaient trois dans la bibliothèque : M. Latouche et les deux inconnus.

« ... Une heure, deux heures se sont passées comme ça... La bibliothèque est juste au-dessus de la cuisine... Ce qui m'étonnait le plus, c'est que je ne les entendais même pas marcher... On n'entendait rien de rien... Ça m'intriguait trop, et, je l'avoue, je suis curieuse. M. Latouche ne m'avait point parlé de ces visites-là... Je suis montée à mon tour, et j'ai collé mon oreille à la porte de la bibliothèque. On n'entendait rien... Ma foi, j'ai frappé, on ne m'a pas répondu... j'ai ouvert la porte... il n'y avait personne là-dedans... Comme il n'y a qu'une porte, la

porte du petit bureau qui donne dans la bibliothèque, en
dehors de la porte d'entrée, je suis allée à cette porte-là;
mais j'étais plus étonnée, en y allant, que de tout le reste...
car jamais, jamais je ne suis entrée dans le petit bureau
de M. Latouche. Et jamais mon maître n'y a reçu personne; c'est une manie qu'il a, le brave homme; c'est là
qu'il écrit, et pour être sûr de n'être pas dérangé, quand
il est là-dedans... c'est comme s'il était dans un tombeau.
Souvent, il m'a cédé sur bien des choses que je lui deman-
dais raisonnablement, mais jamais il ne m'a cédé là-
dessus. Il avait fait faire une clef spéciale, et pas plus
moi qu'une autre, je n'ai jamais pu entrer dans le petit
bureau. Là-dedans, il faisait son ménage lui-même. Il me
disait : « Ce coin-là est à moi, Babette, tout le reste
« t'appartient pour frotter et nettoyer. » Et voilà qu'il
était enfermé là-dedans avec deux hommes que je ne
connaissais ni d'Eve ni d'Adam...

« Alors, j'ai écouté... j'ai essayé, à travers la porte, de
comprendre ce qui se passait, ce qui se disait. Mais on
parlait très bas et j'enrageais de ne pas saisir... A la fin,
j'ai cru comprendre qu'il y avait une discussion qui n'allait pas toute seule... Et tout à coup, mon maître, élevant
la voix, a dit, et cela je l'ai entendu distinctement :
« Est-ce bien possible? *Il n'y aurait pas de plus grand
« crime au monde!* » Ça, je l'ai entendu!... de mes
oreilles... C'est tout ce que j'ai entendu... J'en étais encore
abasourdie... quand la porte s'est ouverte; les deux inconnus se sont jetés sur moi... « Ne lui faites pas de mal!
« s'est écrié M. Latouche qui refermait soigneusement la
« porte de son petit bureau... J'en réponds comme de moi-
« même! » Et il est venu à moi et m'a dit : « Babette,
« on ne te questionnera pas; tu as entendu ou tu n'as
« pas entendu! Mais tu vas te mettre à genoux et jurer
« sur le Bon Dieu que tu ne parleras jamais à âme qui

« vive de ce que tu as pu entendre et de ce que tu as
« vu! Je te croyais sortie, tu n'as donc pas vu ces deux
« messieurs venir chez moi. Tu ne les connais pas. Jure
« cela, Babette. »

« Je regardais mon maître. Je ne lui avais jamais vu
une figure pareille. Lui ordinairement si doux — j'en fais
ce que je veux —, la colère l'avait transformé. Il en tremblait! Les deux inconnus étaient penchés au-dessus de
moi avec des figures de menaces. Je suis tombée à genoux,
et j'ai juré tout ce qu'ils ont voulu... Alors, ils sont partis... l'un après l'autre, en regardant dans la rue avec
précaution... J'étais redescendue plus morte que vive,
dans la cuisine, et je les regardais s'éloigner, quand j'ai
aperçu... justement... pour la première fois... le vielleux!...
Il était debout, comme tout à l'heure, sous le réverbère...
J'ai fait le signe de la croix... le malheur était sur la
maison. »

M. le secrétaire perpétuel, tout en écoutant de toutes
ses oreilles la vieille Babette, avait suivi des yeux les
mouvements du vielleux. Et il n'avait pas été peu
impressionné de le voir faire, au-dessus de sa boîte, des
signes mystérieux... enfin, une fois encore, la *boîte qui
marche* s'était évanouie dans la nuit.

La Babette s'était relevée.

« J'ai fini, répéta-t-elle. Le malheur était sur la maison.

— Et ces hommes, demanda M. Patard, que le récit
de la gouvernante inquiétait au-delà de toute expression...
Ces hommes, vous les avez revus?

— Il y en a un que je n'ai jamais revu, monsieur le
Perpétuel, parce qu'il est mort. J'ai vu sa photographie
dans les journaux... C'est ce M. Mortimar. »

M. le Perpétuel bondit.

« Mortimar... Et l'autre, l'autre?

— L'autre? J'ai vu aussi sa photographie dans les journaux... C'était M. d'Aulnay!...

— M. d'Aulnay!... Et vous l'avez revu, celui-là?

— Oui... celui-là... je l'ai revu... Il est revenu ici la veille de sa mort, monsieur le Perpétuel.

— La veille de sa mort... Avant-hier?

— Avant-hier!... Ah! je ne vous ai pas tout dit! Il le faut!... Et il n'était pas plus tôt arrivé, que je retrouvais le vielleux dans la cour!... Aussitôt qu'il m'a eu vue, il s'est sauvé comme toujours... Mais j'ai pensé aussitôt : « Mauvais signe, mauvais signe!... » Monsieur le Perpétuel, ma grand-tante me le disait toujours : « Babette, « méfie-toi des vielleux!... » Et ma grand-tante, qui avait atteint un grand âge, monsieur le Perpétuel, s'y connaissait pour ça... Elle habitait juste en face de La Bancal, dans mon pays natal, à Rodez, la nuit qu'ils ont assassiné le Fualdès... et elle a entendu l'air du crime... l'air que les joueurs d'orgue et les vielleux « tournaient » dans la rue, pendant que sur la table, La Bancal et Bastide et les autres coupaient la gorge au pauvre homme... C'était un air... qui lui est toujours resté dans les oreilles... à la pauvre vieille, et qu'elle m'a chanté autrefois, en grand secret, tout bas, pour ne compromettre personne... un air... un air... »

Et la Babette s'était soudain dressée avec des gestes d'automate... Son visage, éclairé par la lueur rouge et pâlotte du réverbère d'en face, exprimait la plus indicible terreur... Son bras tendu montrait la rue d'où une ritournelle lente, lointaine, désespérément mélancolique venait.

« Cet air-là!... râla-t-elle. Tenez... c'était cet air-là! »

IV

MARTIN LATOUCHE

Aussitôt, on entendit dans la pièce qui se trouvait juste au-dessus de la cuisine, un grand fracas, un bruit de meubles que l'on renverse, comme une vraie bataille. Le plafond en était retentissant.

La Babette hurla :

« On l'assassine!... Au secours!... »

Et elle bondit vers l'âtre, y saisit un tisonnier et se rua hors de la cuisine, traversant la voûte, escaladant les degrés qui conduisaient au premier étage.

M. Hippolyte Patard avait murmuré :

« Mon Dieu!... »

Et il était resté là, les tempes battantes, anéanti par l'effroi, brisé par l'horreur de la situation, cependant que dans la rue la ritournelle maudite, l'air banal, historique et terrible prolongeait tranquillement son rythme complice de quelque nouveau forfait... musique du diable qui avait toujours empêché d'entendre les cris de ceux que l'on égorge... et qui arrivait maintenant toute seule, couvrant tout autre bruit, jusqu'aux oreilles bourdonnantes de M. Hippolyte Patard... jusqu'à son cœur glacé.

Il put croire qu'il allait s'évanouir.

Mais la honte qu'il conçut soudain de sa pusillanimité

le retint sur le bord de cet abîme obscur où l'âme humaine, prise de vertige, se laisse choir. Il se souvint à temps qu'il était le secrétaire perpétuel de l'Immortalité, et ayant fait, pour la seconde fois dans cette soirée mouvementée, le sacrifice de sa misérable vie, il se livra à un grand effort moral et physique qui le conduisit, quelques secondes plus tard, armé, à gauche, d'un parapluie, à droite, d'une paire de pincettes, devant une porte du premier étage que la Babette ébranlait à grands coups de tisonnier... et qui, du reste, s'ouvrit tout de suite.

« Tu es toujours aussi toquée, ma pauvre Babette? » fit une voix frêle, mais paisible.

Un homme d'une soixantaine d'années, d'apparence encore robuste, aux cheveux grisonnants qui bouclaient, à la belle barbe blanche, encadrant une figure rose et poupine, aux yeux doux, était sur le seuil de la porte, tenant une lampe.

C'était Martin Latouche.

Aussitôt qu'il aperçut M. Hippolyte Patard entre ses pincettes et son parapluie, il ne put retenir un sourire :

« Vous, monsieur le secrétaire perpétuel! Que se passe-t-il donc? demanda-t-il en s'inclinant avec respect.

— Eh! monsieur! c'est nous qui vous le demandons! s'écria la Babette en jetant son tisonnier. C'est-il Dieu possible de faire un bruit pareil! Nous avons cru qu'on vous assassinait!... Avec ça que le vielleux est en train de « tourner » l'air du Fualdès dans la rue, sous nos fenêtres...

— Le vielleux ferait mieux d'aller se coucher!... répondit tranquillement Martin Latouche, et toi aussi, ma bonne Babette!... (Et, se tournant vers M. Patard) Monsieur le secrétaire perpétuel, je serais bien curieux de savoir ce qui me vaut, à cette heure, le grand honneur de votre visite... »

Ce disant, Martin Latouche avait fait entrer M. Patard dans la bibliothèque et l'avait débarrassé de sa paire de pincettes. La Babette avait suivi.

Elle regardait partout.

Tous les meubles étaient en ordre... les tables, les casiers occupaient leur place accoutumée...

« Mais enfin, monsieur le Perpétuel et moi, nous n'avons pas rêvé! déclara-t-elle. On aurait dit qu'on se battait ici ou qu'on déménageait...

— Rassure-toi, Babette... c'est moi, dans le petit bureau, qui ai remué maladroitement un fauteuil... Et maintenant, dis-nous bonsoir! »

La Babette regarda avec méfiance la porte du petit bureau, cette porte qui ne s'était jamais ouverte pour elle et elle soupira :

« On s'est toujours méfié de moi, ici!

— Va-t'en, Babette!...

— On dit qu'on ne veut plus de l'Académie...

— Babette, veux-tu t'en aller!

— Et on en est tout de même...

— Babette!

— On écrit des lettres qu'on ne met pas à la poste...

— Monsieur le secrétaire perpétuel, cette vieille servante est insupportable!...

— On s'enferme à deux tours de clef dans sa bibliothèque et on ne vous ouvre que quand on a à demi défoncé la porte!...

— Je ferme ce que je veux!... Et j'ouvre quand je veux!... Je suis le maître ici!...

— Ce n'est pas ce qu'on discute... on est toujours le maître de faire des bêtises...

— Babette!... En voilà assez!...

— ... de recevoir en secret des inconnus...

— Hein?

— ... des inconnus de l'Académie...

— Babette, il n'y a pas d'inconnus à l'Académie!...

— Oh! ceux-là ne sont connus, ma foi, que parce qu'ils y sont morts!... »

La servante n'avait pas plutôt prononcé ces derniers mots que ce grand doux homme de Martin Latouche lui avait sauté à la gorge.

« Tais-toi!... »

C'était la première fois que Martin Latouche se livrait à des voies de fait sur sa servante.

Il regretta aussitôt son geste, et fut particulièrement honteux devant M. Hippolyte Patard et s'excusa :

« Je vous demande pardon, dit-il, en essayant de dompter l'émotion, qui, visiblement, l'étreignait, mais cette vieille folle de Babette a, ce soir, le don de m'exaspérer. Et il y a des moments où les plus calmes... Ah! l'entêtement des femmes est terrible!... Asseyez-vous donc, monsieur... »

Et Martin Latouche présenta à M. Patard un fauteuil qui tournait son dossier à Babette, et lui-même tourna le dos à Babette. On allait essayer d'oublier qu'elle était là, puisqu'elle ne voulait pas s'en aller.

« Monsieur, fit la Babette tout à coup, après ce que vous venez de faire, je peux m'attendre à tout et vous allez peut-être me tuer. *Mais j'ai tout dit à M. le Perpétuel.* »

Martin Latouche se retourna d'un seul coup. A ce moment, sa tête était entièrement dans l'ombre et M. Hippolyte Patard ne put lire sur ce visage obscur les sentiments qui l'animaient, mais la main de l'homme, qui s'appuyait sur la table, tremblait. Et Martin Latouche fut quelques secondes sans pouvoir prononcer une parole. Enfin, dominant son émoi, il prononça, d'une voix altérée :

« Qu'est-ce que vous avez dit à M. le secrétaire perpétuel, Babette? »

C'était la première fois qu'il disait « vous » à la vieille gouvernante, devant M. Patard. Celui-ci le remarqua, comme un signe certain de la gravité de la situation.

« J'ai dit que MM. Mortimar et d'Aulnay étaient venus trouver monsieur ici, qu'ils s'étaient enfermés avec monsieur, dans le petit bureau, avant d'aller mourir en faisant des compliments à l'Académie.

— Vous aviez juré de vous taire, Babette.

— Oui, mais je n'ai parlé que pour sauver monsieur... car si je n'y prenais garde, monsieur irait mourir là-bas comme les autres.

— Bien, fit la voix cassée de Martin Latouche. Et qu'est-ce que vous avez encore dit à M. le secrétaire perpétuel?

— Je lui ai dit ce que j'avais entendu en écoutant derrière la porte du petit bureau.

— Babette! écoute-moi bien! » reprit Martin Latouche qui cessa dans l'instant de dire « vous » à la gouvernante pour la tutoyer à nouveau, ce qui parut plus grave encore à M. Patard, « Babette, je ne t'ai jamais demandé ce que tu avais entendu derrière la porte... est-ce vrai?...

— C'est vrai! mon maître...

— Tu avais juré de l'oublier, et je ne t'ai pas questionnée, parce que je croyais la chose inutile; mais puisque tu te souviens de ce que tu as entendu... tu vas me dire à moi ce que tu as dit à M. le secrétaire perpétuel.

— C'est trop juste, monsieur, je lui ai dit que j'avais entendu votre voix qui disait : « *Non! Non! ça n'est pas* « *possible! Il n'y aurait pas de plus grand crime au* « *monde!* »

Après cette déclaration de Babette, Martin Latouche ne dit rien. Il paraissait réfléchir. Sa main n'était plus

sur la table, et du reste, on ne le voyait plus du tout. Il
avait reculé jusque dans le coin le plus noir de la pièce.
Et M. Patard fut encore plus effrayé par le silence écrasant
qui régnait alors dans la vieille demeure que par le bruit
que faisait tout à l'heure la ritournelle du vielleux dans la
rue. On n'entendait plus le vielleux. On n'entendait plus
personne... rien.

Enfin, Martin Latouche dit :

« Tu n'as rien entendu d'autre, Babette, et tu n'as rien
dit d'autre!

— Rien, mon maître!...

— Je n'ose plus te dire de le jurer; c'est bien inutile..

— Si j'avais entendu autre chose, je l'aurais dit à
M. le Perpétuel, car je veux vous sauver. Si je ne lui en ai
pas dit davantage, c'est que je n'en ai pas entendu davantage... »

Martin Latouche fit alors, à la grande stupéfaction de
la servante et de M. Patard, entendre un bon gros rire
clair. Il s'avança vers Babette et lui tapota la joue :

« Allons! on a voulu te faire peur, vieille bête! tu es
une brave fille, je t'aime bien, mais j'ai à causer avec
M. le secrétaire perpétuel; à demain, Babette.

— A demain, monsieur!... Et que Dieu vous garde! j'ai
fait mon devoir. »

Elle salua fort cérémonieusement M. Patard et s'en
alla, fermant soigneusement la porte de la bibliothèque.

Martin Latouche écouta son pas descendre l'escalier;
puis, revenant à M. Hippolyte Patard, il lui dit, sur un
ton plaisantin :

« Ah! ces vieilles servantes!... c'est bien dévoué, mais
parfois c'est bien encombrant. Elle a dû vous en conter,
des histoires!... Elle est un brin toquée, vous savez!... Ces
deux morts à l'Académie lui ont brouillé la cervelle...

— Il faut l'excuser, répliqua Hippolyte Patard... Il y

en a d'autres à Paris qui ont plus d'instruction qu'elle
et qui en sont encore tout affolés. Mais je suis heureux,
mon cher collègue, de voir qu'un si déplorable événement,
qu'une aussi affreuse coïncidence...

— Oh! moi, je ne suis pas superstitieux, vous savez!...

— Sans être superstitieux..., murmura le pauvre Patard,
qui restait profondément ému de tous les cris et de toutes
les terreurs de Babette...

— Monsieur le secrétaire perpétuel, j'ai entendu, ici
même, comme vous l'a raconté ma vieille folle de gouvernante, M. Maxime d'Aulnay, l'avant-veille de sa mort;
je puis vous dire, en toute confidence, qu'il avait été très
frappé du décès subit de M. Mortimar après les menaces
publiques de cet Eliphas... M. Maxime d'Aulnay avait une
maladie de cœur... Quand il a reçu, comme M. Mortimar,
la lettre envoyée certainement par quelque sinistre plaisant, il a dû ressentir un coup terrible, malgré sa bravoure
apparente. Avec une embolie, il n'en faut pas davantage... »

M. Hippolyte Patard se leva; sa poitrine dilatée se
gonfla d'air et il poussa un de ces soupirs qui semblent
rendre la vie aux plongeurs qui ont disparu, un temps
anormal, sous les eaux.

« Ah! Monsieur Martin Latouche! fit-il, quel soulagement de vous entendre parler ainsi!... Je ne vous cache
pas qu'avec toutes les histoires de votre Babette, je com-
mençais moi-même à douter de la simple vérité qui
doit cependant crever les yeux à tout homme de bon
sens!...

— Oui! oui! ricana doucement Martin Latouche...
je vois ça d'ici... le vielleux!... les souvenirs de l'affaire
Fualdès... mes rendez-vous avec MM. Mortimar et d'Aulnay... leur mort qui s'ensuit... les phrases terribles prononcées dans mon petit bureau mystérieux...,

— C'est vrai! interrompit Hippolyte Patard... je ne
savais plus que penser... »

M. Martin Latouche prit les mains de M. le secrétaire
perpétuel, dans un geste de grande confiance et de subite
amitié...

« Monsieur le secrétaire perpétuel, fit-il, je vais vous
prier d'entrer dans mon petit bureau mystérieux... »

Et il lui sourit. Il continua :

« Il faut que vous connaissiez tous mes secrets... je
veux vous les confier à vous... qui êtes un vieux garçon,
comme moi... Vous me comprendrez!... Et, sans trop me
plaindre, vous en sourirez!... »

Et Martin Latouche, entraînant M. le secrétaire perpétuel, arriva à la petite porte du petit mystérieux bureau,
qu'il ouvrit avec une clef spéciale, « une clef qui ne le
quittait jamais », dit-il.

« Voilà la caverne! » fit cet honnête homme en poussant la porte.

C'était une pièce de quelques mètres carrés. La fenêtre
en était encore ouverte et, sur le parquet, une table et
un fauteuil étaient renversés, et des papiers, des objets
divers avaient roulé partout dans un grand désordre. Une
lampe sur un piano éclairait à peu près les murs où étaient
suspendus les instruments de musique les plus bizarres.
M. Hippolyte Patard, au centre de tout ce bric-à-brac,
ouvrait de grands yeux inquiets.

Quant à Martin Latouche, après avoir refermé la porte
à clef, il était allé à la fenêtre. Il regarda au-dehors, un
instant, puis referma aussi cette fenêtre.

« Cette fois, je crois bien qu'*il* est parti, dit-il. Il a
compris que ce soir encore, *il n'y aurait rien à faire!*...

— De qui parlez-vous? demanda M. Hippolyte Patard
qui était à nouveau fort peu rassuré.

— Eh! mais du vielleux! comme dit ma Babette. »

Et, tranquillement, il remit la table et le fauteuil sur leurs pieds, puis il sourit, de toute sa bonne figure enfantine, à M. le secrétaire perpétuel, et lui dit, à voix basse :

« Voyez-vous, monsieur le secrétaire perpétuel, ici, je suis vraiment chez moi!... Ça n'est pas aussi bien rangé que dans les autres pièces, mais la Babette n'a pas le droit d'y mettre les pieds!... C'est là que je cache mes instruments de musique, toute ma collection... Si Babette savait jamais!... elle mettrait tout cela au feu!... Oui, oui! ma parole!... au feu!... Et ma vieille *lyre du Nord* et ma *harpe de ménestrel* qui date ni plus ni moins que du XVᵉ siècle... Et mon *nabulon*! Et mon *psalterion*... Et ma *guiterne*!... Ah! monsieur le secrétaire perpétuel, avez-vous vu ma *guiterne*?... Regardez-la!... et mon *archiluth*!... Et mon *théorbe*!... Tout au feu! au feu!... Et ma *mandore*!... Ah! vous regardez ma *guiterne*! c'est la plus vieille guitare qu'on connaisse, savez-vous bien!... Eh bien, elle aurait jeté tout cela au feu!... Oui! oui!... c'est comme je vous le dis!... ah! elle n'aime pas la musique!... »

Et Martin Latouche poussa un soupir à fendre le cœur de M. Hippolyte Patard...

« Et tout ça..., continua le vieux mélomane, tout ça, à cause qu'elle a été élevée dans toute cette sotte histoire de Fualdès... Dans notre jeunesse, à Rodez!... on ne parlait encore que de ça! les vielleux qui tournaient leur manivelle devant La Bancal pendant qu'on assassinait ce pauvre monsieur!... La Babette, monsieur le secrétaire perpétuel, n'a jamais pu voir un instrument de musique... Vous ne saurez jamais... jamais toutes les imaginations qu'il m'a fallu pour faire entrer ici ces instruments-là... Tenez! en ce moment, je veux acheter un orgue de Barbarie!... c'est comme cela qu'on les appelle, mais c'est un

des plus vieux orgues de Barbarie qui soient!... Figurez-
vous que c'est une veine de l'avoir découvert!... le
pauvre diable qui moud de la musique avec cet instrument ne se doute pas du trésor qu'il a dans la main...,
je l'ai rencontré au coin du Pont-Neuf et du quai, un soir,
vers quatre heures... Le bonhomme demandait l'aumône...
je suis honnête homme... je lui ai proposé cinq cents
francs de sa vieille boîte... L'affaire a été conclue tout de
suite, vous pensez bien!... Cinq cents francs!... une fortune
pour lui, et pour moi! je n'ai pas voulu le voler tout à
fait... je lui ai promis ce que j'avais... Mais ce qui n'a pas
été facile à arranger, c'est la manière dont je pourrais entrer en possession de l'instrument!... C'est entendu que je
ne paierai que si la Babette ne sait rien de rien!... Eh
bien... c'est comme une fatalité... elle est toujours là quand
l'autre arrive!... Elle le rencontre dans la cour, dans l'escalier, au moment où nous la croyons partie!... Et c'est
alors une chasse de tous les diables!... Heureusement que
l'autre est agile... Ce soir, c'était entendu que, la Babette
couchée, je hisserais l'instrument avec des cordes, tout
droit, dans le petit bureau... J'étais déjà monté sur une
table et j'allais jeter les cordes que voilà... quand la table
a basculé... c'est là-dessus que vous êtes arrivés tous les
deux, croyant qu'on m'assassinait... ah! vous étiez bien
drôle, monsieur le secrétaire perpétuel... avec votre parapluie et votre paire de pincettes... bien drôle, mais bien
brave tout de même!... »

Et Martin Latouche se mit à rire... Et M. Hippolyte
Patard rit aussi, de bon cœur, cette fois... rit non seulement de sa propre image évoquée par Martin Latouche,
mais encore de sa propre peur devant la *boîte qui marche*.

Comme tout s'expliquait naturellement!... Et tout ne
devait-il pas, en vérité, s'expliquer naturellement!... Il y
a des moments où l'homme n'est pas plus raisonnable

qu'un enfant, pensait M. Patard. Avait-il été ridicule avec
la Babette et toute son histoire de vielleux!

Ah!... après tant d'émotions cruelles, ce fut un bon
moment! M. Patard s'attendrit sur le sort de ce vieux
garçon de Martin Latouche qui subissait, comme tant
d'autres, hélas! la tyrannie de sa vieille servante...

« Ne me plaignez pas trop!... fit entendre celui-ci, en
ressortant son bon sourire... Si je n'avais pas la Babette,
je serais depuis longtemps sur la paille avec mes manies!...
Nous ne sommes pas riches, et j'ai fait de vraies bêtises,
au commencement, pour ma collection!... Cette bonne Babette, elle est obligée de couper les sous en quatre; elle
se prive de tout pour moi!... Et elle me soigne comme
une mère... Mais elle ne peut pas entendre la musique!... »

Martin Latouche, ce disant, passa une main dévote sur
ses chers instruments dont la pauvre âme endormie
n'attendait que la caresse de ses doigts pour gémir avec
leur maître...

« Alors, je les caresse tout doux!... tout doux!... si doux
qu'il n'y a que nous à savoir que nous pleurons!... et puis,
quelquefois... quand j'ai réussi à envoyer la Babette en
course... alors je prends ma petite guiterne à laquelle j'ai
mis les plus vieilles cordes que j'ai pu trouver! et je joue
des airs lointains comme un vrai troubadour... Non, non,
je ne suis pas trop malheureux, monsieur le secrétaire
perpétuel!... croyez-moi!... Et puis, il faut que je vous dise :
j'ai mon piano!... Alors, je fais tout ce que je veux avec
mon piano!... je joue tous les airs que je veux... des airs
terribles, des ouvertures tonitruantes, des marches à tous
les abîmes!... Ah! c'est un piano magnifique qui ne dérange point Babette quand elle fait sa vaisselle!... »

Là-dessus, Martin Latouche se précipita à un piano et
se rua sur les touches, parcourant avec une véritable rage

toute l'étendue du clavier. M. Hippolyte Patard s'attendait à la clameur forcenée de l'instrument. Mais, malgré
tout le travail que lui faisait subir son maître, il resta
muet. C'était un piano muet, qui ne rend par conséquent
aucun son, et que l'on fabrique pour ceux qui veulent
s'exercer aux gammes sans gêner l'oreille des voisins.

Martin Latouche dit, la tête en arrière, les boucles des
cheveux au vent de son inspiration, les yeux au ciel, et les
mains bondissantes :

« J'en joue quelquefois toute la journée... *Et il n'y a
que moi qui l'entends!* Mais il est assourdissant!... Oh!
c'est un véritable orchestre!... »

Et puis, brusquement, il referma le piano et M. Hippolyte Patard vit qu'il pleurait... Alors, M. le secrétaire
perpétuel s'approcha de l'amateur de musique.

« Mon ami... fit-il très doucement...

— Oh! vous êtes bon, je sais que vous êtes bon!...
répondit Martin Latouche d'une voix brisée... *On est heureux d'être d'une Compagnie où il y a un homme comme
vous!...* Maintenant, vous connaissez toutes mes petites
misères..., mon petit mystérieux bureau où il y a de si
ténébreux rendez-vous... et vous savez pourquoi je suis
dans une telle anxiété quand j'apprends que ma vieille
Babette a écouté derrière la porte... je l'aime bien, ma
gouvernante... mais j'aime bien aussi ma petite guiterne...
et je voudrais bien ne me séparer ni de l'une, ni de
l'autre... bien que quelquefois ici (et M. Martin Latouche
se pencha à l'oreille de M. Patard)... il n'y ait pas de quoi
manger... Mais silence! Ah! monsieur le secrétaire perpétuel, vous êtes vieux garçon mais vous n'êtes pas collectionneur!... L'âme d'un collectionneur est terrible pour le
corps d'un vieux garçon!... Oui, oui, heureusement que
Babette est là!... Mais j'aurai l'orgue de Barbarie tout de
même... un orgue qui moud de vieux, vieux airs... un

orgue qui a peut-être servi à l'affaire Fualdès elle-même!...
Est-ce qu'on sait?... »

M. Martin Latouche essuya du revers de sa main son
front en sueur...

« Allons, dit-il... il est bien tard!... »

Et avec de grandes précautions, il fit passer M. le secrétaire perpétuel, du petit mystérieux bureau dans la grande
bibliothèque. Là, la porte précieuse refermée, il dit
encore :

« Oui, bien tard!... Comment êtes-vous venu si tard,
monsieur le secrétaire perpétuel?...

— Le bruit courait que vous refusiez le siège de
Mgr d'Abbeville. Les journaux du soir l'imprimaient.

— C'est des bêtises! déclara Martin Latouche d'une
voix grave et subitement volontaire... des bêtises!... Je
vais me remettre tout de suite au triple éloge de Mgr d'Abbeville, de Jehan Mortimar et de Maxime d'Aulnay... »

M. Hippolyte Patard dit :

« Demain, j'enverrai une note aux journaux. Mais dites-
moi, cher collègue...

— Parlez!... qu'y a-t-il?...

— C'est que je suis peut-être indiscret... »

M. Hippolyte Patard semblait en effet très embarrassé... Il tournait et retournait le manche de son parapluie... Enfin, il se décida...

« Vous m'avez fait tant de confidences que je me
risque. D'abord, je puis vous demander — et cela n'est
pas indiscret — si vous connaissiez beaucoup MM. Mortimar et d'Aulnay... »

Martin Latouche ne répondit point tout d'abord. Il
alla prendre sur la table la lampe qu'il tint au-dessus de
la tête de M. Hippolyte Patard :

« Je vais vous accompagner, dit-il, monsieur le secrétaire perpétuel, jusqu'à la porte de la rue, à moins que

vous n'ayez crainte de mauvaises rencontres, auquel cas
je vous accompagnerai jusque chez vous... mais le quartier, malgré son air lugubre, est très tranquille...

— Non! non! mon cher collègue... je vous en prie, ne
vous dérangez pas!...

— C'est comme vous voulez! dit Martin Latouche sans
insister... Je vous éclaire... »

Ils étaient maintenant sur le palier : le nouvel académicien répondit alors à la question qui lui avait été posée :
« Oui, oui, certainement... je connaissais beaucoup
Jehan Mortimar... et Maxime d'Aulnay... nous étions de
vieux amis... d'anciens camarades... et quand nous nous
sommes trouvés sur le même rang pour le fauteuil de
Mgr d'Abbeville... nous avons décidé de laisser faire les
choses, de ne point intriguer et nous nous réunîmes parfois pour causer de la situation... tantôt chez l'un, tantôt
chez l'autre... L'histoire des menaces d'Eliphas, après
l'élection de Mortimar, fut pour nous un sujet de conversation plutôt amusant...

— Cette conversation a épouvanté notre Babette... Et
c'est là, mon cher collègue, que je vais peut-être montrer
de l'indiscrétion... De quel crime parliez-vous donc quand
vous disiez : « *Non! Non! ça n'est pas possible! Il n'y*
« *aurait pas de plus grand crime au monde?* »

Martin Latouche fit descendre quelques degrés à
M. Hippolyte Patard en le priant de bien tâter l'escalier
du talon...

« Eh bien, mais!... répondit-il encore (oh! il n'y a aucune indiscrétion! Aucune! vous voulez rire!) Eh bien,
mais, je vous ai déjà dit que Maxime d'Aulnay, bien qu'il
en plaisantât, avait été touché au fond par les paroles menaçantes d'Eliphas qui avait disparu après les avoir prononcées... Ce jour-là, Maxime d'Aulnay, tout en félicitant
Mortimar de son élection, qui avait eu lieu deux jours

auparavant, avait conseillé, toujours en plaisantant, naturellement, à ce pauvre Mortimar qui songeait déjà à son
discours de réception, de se tenir sur ses gardes, car la
vengeance du sâr le guettait. Celui-ci n'avait-il point
annoncé que le fauteuil de Mgr d'Abbeville serait fatal
à celui qui oserait s'y asseoir?... Alors, moi, je ne trouvai
rien de mieux... — attention à cette marche, monsieur le
secrétaire perpétuel — je ne trouvai rien de mieux que
de renchérir sur cette sorte de jeu... —, prenez garde,
là... nous sommes sous la voûte, — et je m'écriai — tour-
nez à gauche, monsieur le secrétaire perpétuel, — et je
m'écriai avec emphase : « *Non! Non! ça n'est pas pos-*
« *sible! Il n'y aurait pas de plus grand crime au monde.* »
— Là, nous sommes arrivés... »

Les deux hommes étaient en effet sous la grande porte...
Martin Latouche tira bruyamment de lourds barreaux
de fer, fit tourner une clef énorme, et, tirant la porte à
lui, regarda sur la place.

« Tout est tranquille! dit-il, tout le monde dort... Voulez-vous que je vous accompagne, mon cher secrétaire perpétuel?

— Non! Non! je suis stupide! Je suis un pauvre homme
stupide! Ah! mon cher collègue, permettez-moi de vous
serrer une dernière fois la main...

— Comment! *Une dernière fois!*... Est-ce que vous croyez
que je vais mourir comme les autres!... ah! je n'y
tiens pas, moi!... Et puis, je n'ai pas de maladie de
cœur!...

— Non! Non!... je suis stupide... il faut espérer que
des temps moins tristes viendront, et que nous pourrons
un jour bien rire de tout cela!... Allons! adieu, mon cher
nouveau collègue!... adieu!... Et encore une fois, toutes
mes félicitations... »

Le cœur brave et tout à fait réconforté, M. Hippolyte

Patard, le parapluie en arrêt, prenait déjà le Pont-Neuf, quand Martin Latouche l'appela :

« Psst!... Encore un mot!... Noubliez pas que tout cela, c'est mes petits secrets!...

— Ah! vous ne me connaissez pas!... Il est entendu que je ne vous ai pas vu ce soir! Bonne nuit, mon cher ami!... »

V

EXPÉRIENCE Nº 3

LE grand jour arriva. Il avait été fixé par l'Académie le quinzième qui suivit les obsèques solennelles de Maxime d'Aulnay. L'illustre Compagnie n'avait pas voulu que la situation regrettable où l'avait mise la triste fin des deux précédents récipiendaires se prolongeât. Elle tenait à en finir le plus vite possible avec tous les bruits absurdes que les disciples d'Eliphas de la Nox, les amis de la belle Mme de Bithynie et de tout le club des « Pneumatiques » (de *pneuma,* âme) n'avaient cessé de faire courir. Quant au sâr lui-même, il semblait avoir disparu de la surface de la terre. Tous les efforts faits pour le joindre n'avaient abouti à rien. Les meilleurs reporters lancés sur sa trace étaient revenus bredouilles et cette absence prolongée était devenue facilement le principal sujet d'inquiétude, car, de toute évidence, le sâr se cachait; et pourquoi se cachait-il?

D'autre part, il est juste de reconnaître tout de suite que les cervelles généralement bien portantes, après l'émoi du premier ou plutôt du second moment, émoi qui les avait, elles aussi, fait un peu divaguer (mais où sont les cervelles qui, même en bonne santé, par instants, ne divaguent point?) que ces cervelles, dis-je, la crise passée, avaient retrouvé un parfait équilibre.

Ainsi, le plus tranquille des hommes, depuis son émouvant et mystérieux entretien avec Martin Latouche, était M. Hippolyte Patard. Même il avait retrouvé sa jolie couleur rose.

Mais, quand le grand jour de la réception de Martin Latouche arriva, la curiosité chez les uns et chez les autres, chez les sages aussi bien que chez les fous, fut déchaînée.

La foule qui se rua à l'assaut de la coupole l'emplit d'abord et puis resta à en battre les approches, débordant sur les quais et dans les rues adjacentes, interrompant toute circulation.

A l'intérieur, dans la grande salle des séances publiques, tout le monde était debout, hommes et femmes s'écrasant. Au fur et à mesure que les minutes s'écoulaient (les minutes qui précédaient l'ouverture de la séance), le silence, au-dessus de l'effroyable cohue, se faisait plus pesant, plus terrible.

On avait remarqué que la belle Mme de Bithynie s'était abstenue de paraître à la solennité. On en avait tiré le plus affreux augure... Certes, *s'il devait arriver quelque chose,* elle avait bien fait de ne pas se montrer, car elle eût été mise en pièces par une foule sur laquelle un vent de démence était prêt à souffler!

A la place que cette dame occupait à la précédente séance se tenait un monsieur correct, au ventre bourgeois, dont l'aimable rebondissement s'adornait d'une belle épaisse chaîne d'or. Il était debout, l'extrémité des doigts de ses deux mains glissée dans les deux poches de son gilet. Sa figure n'était point celle du génie, mais elle n'était pas inintelligente, loin de là. Le front chauve faisait oublier, par l'absence de tout subterfuge capillaire, qu'il était bas. Un binocle en or chevauchait un nez commun. M. Gaspard Lalouette (c'était lui) n'était point myope, mais il ne lui déplaisait pas de laisser penser autour de lui que sa vue s'était usée aux travaux de lettres, à l'instar des grands écrivains.

Son émotion n'était pas moindre que celle des gens qui l'entouraient et un petit tic nerveux ne cessait de lui soulever, assez drolatiquement, l'arcade sourcilière. Il regardait la place où Martin Latouche allait prononcer son discours.

Une minute! Une minute encore! Et le président allait ouvrir la séance... si... si Martin Latouche arrivait... car il n'était pas là... Ses parrains en vain l'attendaient... se tenant à la porte anxieux, désolés, et retournant vingt fois la tête.

Aurait-il reculé au dernier moment?... aurait-il eu peur?...

C'est ce que se demandait M. Hippolyte Patard qui, à cette pensée, reprit toute sa couleur citron...

Ah! quelle existence!... quelle existence pour M. le secrétaire perpétuel!

En voilà un — M. le secrétaire perpétuel — qui eût voulu voir la cérémonie terminée... heureusement terminée!...

Soudain, M. Hippolyte Patard se leva tout droit, l'oreille tendue vers une lointaine clameur... Une clameur venue du dehors... qui approchait... qui courait... une clameur d'enthousiasme, sans doute, accompagnant Martin Latouche...

« C'est lui! » dit M. Hippolyte Patard tout haut.

Mais le bruit fait de cris, de rumeurs et de remous de foules, grossissait dans des proportions menaçantes, et maintenant, il n'était rien moins que rassurant.

Mais on était dans l'impossibilité de comprendre ce qu'ils criaient dehors!...

Et toute la salle qui aspirait jusqu'alors, par des centaines et des centaines de bouches la même émotion, dans un même souffle, cessa tout à coup de respirer!

Une tempête sembla entourer la coupole... La vague populaire battit les murs, fit claquer des portes... des soldats, des gardes reculèrent jusque dans la salle... Et l'on commença de distinguer, parmi tant de tumulte, une sorte de grondement particulier. C'était comme un infini gémissement lugubre.

M. Hippolyte Patard sentit ses cheveux se dresser sur sa tête.

Et une façon de bête humaine, un paquet monstrueux roula, jupes en loques, corsage arraché, le tout surmonté d'une chevelure de gorgone que des poings crispés arrachaient, pendant qu'une bouche qu'on ne voyait pas, hurlait :

« Monsieur le Perpétuel! Monsieur le Perpétuel!... Il est mort!... Vous me l'avez tué!... »

VI

LA CHANSON QUI TUE

L'auteur de ce cruel ouvrage renonce à donner une idée de la cohue sans nom qui suivit ce coup de théâtre.

Ainsi, Martin Latouche était mort! *Mort comme les autres!* Non point en prononçant son discours de réception sous la coupole, mais dans le moment même où il allait se rendre à l'Académie pour le lire, alors qu'il se disposait, en somme, *comme les deux autres,* à prendre possession du fauteuil de Mgr d'Abbeville!

Si l'émotion de l'assistance, autour de la vieille Babette, hurlante, toucha à la folie, celle de la foule, au-dehors, et dans tout Paris ensuite, ne connut guère de bornes plus raisonnables.

Il faut, pour se la rappeler dans toute son intégrité, relire les journaux qui parurent le lendemain de cette nouvelle et abominable catastrophe. Une note de la rédaction du journal *L'Epoque* (*N.D.L.R.*) fait entrevoir assez exactement l'état des esprits.

La voici :

« La série continue! Après Jehan Mortimar, après Maxime d'Aulnay, voici Martin Latouche qui meurt sur le seuil de l'Immortalité, et le fauteuil de Mgr d'Abbeville reste toujours inoccupé! La nouvelle de la fin subite du troisième académicien qui tenta de s'asseoir à la place que convoita le mystérieux Eliphas s'est répandue hier

soir dans Paris avec la rapidité et la brutalité de la foudre.
Et nous ne saurions mieux faire, en vérité, que d'appeler
à notre secours le tonnerre lui-même, pour donner une
idée de ce qui se passa dans la capitale, pendant les
quelques heures qui suivirent l'incroyable événement.
Certains parurent frappés comme du feu du ciel, et, ayant
perdu l'esprit, se répandirent dans les rues, dans les cafés,
au théâtre, dans les salons, en tenant de tels propos imbéciles, qu'on se demande comment il peut se trouver dans
la Ville Lumière, à notre époque, des gens sensés pour les
écouter. Ah! nous ne perdrons point notre temps à répéter
ici toutes les bêtises qui ont été proférées! Et ce M. Eliphas de Saint-Elme de Taillebourg de la Nox, au fond
de sa monstrueuse retraite, doit bien s'amuser. Quant à
nous, nous avons fini de rire. Nous proclamons hautement
notre opinion que nous n'avions que laissé pressentir après
la mort de Maxime d'Aulnay... *Non! non! Toutes ces
morts-là ne sont point naturelles!* On a pu ne pas s'étonner
de la première, on a pu hésiter à la seconde, il serait criminel de douter à la troisième! Mais entendons-nous
bien : quand nous disons que ces morts ne sont point naturelles, nous ne voulons point faire allusion à quelque
puissance occulte qui, en dehors des lois naturelles
connues, aurait frappé! Nous laissons ces balivernes aux
petites dames du club des « Pneumatiques », et nous
venons catégoriquement dire à M. le procureur de la
République : *Il y a un assassin là-dessous, trouvez-le!* »

La presse fut à peu près unanime, obéissant en cela à
l'opinion générale, qui était que les trois académiciens
avaient été empoisonnés, à réclamer l'intervention des
pouvoirs publics; et, bien que les médecins qui avaient
examiné le corps du défunt eussent déclaré que Martin
Latouche — en dépit d'une apparence assez robuste —
était mort d'une vieillesse hâtive et épuisée, le Parquet

dut, pour calmer les esprits soulevés, ouvrir une enquête.

La première personne interrogée fut naturellement la
vieille Babette qui, le jour fatal, avait été ramenée chez
elle évanouie, pendant que des amis dévoués transpor-
taient à son domicile M. Hippolyte Patard dans un bien
fâcheux état. Et voici comment la Babette, qui ne pensait
plus qu'à venger son maître, raconta la mort vraiment
singulière de ce pauvre Martin Latouche.

« Depuis quelque temps, mon maître ne vivait plus
que du compliment qu'il devait faire et je l'entendais qui
parlait de leur Mgr d'Abbeville, et aussi du Mortimar,
et aussi du d'Aulnay comme si c'étaient des bons dieux
en sucre. Et souvent, il se mettait devant son armoire à
glace, comme un vrai comédien. A son âge, ça faisait pitié,
et je n'aurais pas manqué de lui rire au nez, si je n'avais
pas été tracassée par les paroles du sorcier dont ils
n'avaient pas voulu pour leur damnée Académie. Le
sorcier en avait déjà tué deux. Je ne pensais qu'à une
chose, c'est qu'il allait tuer mon maître comme les autres.
Ça, je l'avais dit à M. le Perpétuel entre les quatre z'yeux.
Mais il ne m'avait pas écoutée, parce qu'il lui fallait,
paraît-il, son académicien. Aussi, chaque fois que je
voyais mon maître répéter son compliment, je me jetais
à ses pieds, j'embrassais ses genoux, je pleurais comme une
folle, je le suppliais à mains jointes d'envoyer sa démission
à M. le Perpétuel. J'avais des hantises qui ne m'ont pas
trompée. La preuve, c'est que je rencontrais presque tous
les jours un vielleux qui jouait d'un orgue de Barbarie; je suis de Rodez : un vielleux, ça porte malheur, depuis l'affaire de ce pauvre M. Fualdès. Ça aussi, je l'avais
dit à M. le Perpétuel, mais ça avait été comme si je
chantais.

« Alors je m'étais dit : Babette, tu ne quitteras plus ton

maître! Et tu le défendras jusqu'au dernier moment!
Alors. le jour du compliment, j'avais fait toilette, et je le
guettais dans ma cuisine, la porte ouverte, attendant qu'il
passe sous la voûte, décidée à l'accompagner à cette Académie de malheur, au bout du monde, partout! Je l'atten-
dais donc, mais il ne venait pas... Il y avait bien un quart
d'heure qu'il aurait dû être passé!... J'étais en train de
m'impatienter, quand, tout à coup, qu'est-ce que j'entends?... l'air du crime!... l'air qui avait tué ce pauvre
M. Fualdès!... Oui!... le vielleux était quelque part encore
autour de la maison, à faire chanter sa manivelle!... J'en
ai eu une sueur froide... Il n'y avait pas à dire, ça, c'était
une indication!... On m'aurait récité aux oreilles la
prière des trépassés que je n'en aurais pas été plus impres-
sionnée... Je me dis : V'là l'heure de l'Académie qui
sonne... l'heure de la mort!... et j'ai ouvert la fenêtre
pour voir si le vielleux était dans la rue et le faire taire...
mais il n'y avait personne dans la rue... Je suis sortie de
ma cuisine... personne sous la voûte!... personne dans la
cour... et l'air chantait toujours... Il me venait d'en haut
maintenant... Peut-être bien que le vielleux était dans
l'escalier... personne dans l'escalier... au premier étage...
rien! Rien que l'air de ce pauvre M. Fualdès qui me poursuivait toujours... et plus j'allais, plus je l'entendais...
J'ai ouvert la porte de la bibliothèque... on aurait cru
que la chanson était derrière les livres!... Mon maître
n'était pas là!... Il devait être dans son petit bureau où
que je n'entre jamais!... J'écoutais... *L'air du crime était
dans le petit bureau!*... Ah!... Etait-ce Dieu possible!...
j'approchai de la porte en retenant mon cœur qui écla-
tait... J'appelai : « Monsieur! Monsieur!... » Il ne m'a pas
répondu... L'air tournait toujours... derrière la porte de
son petit bureau... Ah! que c'était triste!... C'était un
air si triste qu'on n'en respirait plus et que les larmes vous

en venaient aux yeux... un air qui avait l'air de pleurer tous ceux qu'on avait assassinés depuis le commencement du monde!... J'ai appuyé mes mains à la porte pour ne pas tomber. La porte s'est ouverte... Dans le même moment *il y a eu comme un grand grincement de déclenchement dans la manivelle de la musique de l'air du crime.* Ça m'a comme déchiré le cœur et les oreilles!... Et puis, j'ai failli tomber dans le petit bureau, tant j'étais étourdie... Mais ce que j'ai vu m'a remise sur mes pattes plus droite qu'une statue. Au milieu d'un tas d'instruments que je ne connais ni d'Eve ni d'Adam, et qui sont certainement arrivés dans ce petit bureau avec la permission du diable, mon maître était penché sur l'orgue du vielleux. Ah! je l'ai bien reconnu! C'était l'orgue qui tournait la chanson du crime... mais le vielleux n'était pas là!... Mon maître avait encore la main à la manivelle... Je me suis jetée sur lui, et il a cédé!... Il est tombé tout de son long sur le parquet... Il a fait floc!... Mon pauvre maître était mort... *assassiné par la « Chanson qui tue »* !...

Ce récit rapproché de ce que racontaient sous le manteau certains habitués du club des « Pneumatiques » produisit un effet étrange et l'opinion publique ne fut point satisfaite par les explications trop naturelles que fournit l'enquête sur un si bizarre événement.

L'enquête montra le vieux Martin Latouche comme un maniaque qui s'enlevait le pain de la bouche pour pouvoir enrichir, en secret, sa collection. On raconta même qu'il se privait des déjeuners qu'il était censé prendre dehors, pour en économiser les quelques sous qu'il gaspillait ensuite chez les antiquaires et les marchands de vieux instruments de musique.

C'est ainsi, de toute évidence, que le fameux orgue était arrivé chez lui, en dépit de la surveillance de Babette; et c'est dans le moment qu'il en essayait la manivelle, qu'il était tombé, épuisé par le régime d'abstinence auquel il s'astreignait depuis trop longtemps.

Mais on refusa d'admettre une version qui était trop simple pour être vraie, et les journaux exigèrent que la police se mît à la poursuite du vielleux.

Malheureusement, celui-ci resta aussi introuvable que l'Eliphas lui-même. D'où il résulta, comme on devait s'y attendre, que certains reporters affirmèrent qu'Eliphas et le vielleux ne faisaient qu'un, — qu'un seul et même assassin.

Nul n'osa trop haut s'élever contre cette opinion, car, après tout, il restait la coïncidence des trois morts, et si chacune, en elle-même, paraissait naturelle, il était bien certain que toutes trois réunies étaient faites pour épouvanter.

Enfin, on réclama l'autopsie. C'était là une triste extrémité à laquelle il fallut se résoudre. Malgré toutes les démarches et toute l'influence des plus gros bonnets de l'Institut, on rouvrit les cercueils encore tout frais de Jehan Mortimar et de Maxime d'Aulnay.

Les médecins légistes ne trouvèrent aucune trace de poison. Le corps de Jehan Mortimar ne présenta, à l'examen, rien de particulier. On releva, cependant, sur le visage de Maxime d'Aulnay, certains stigmates qui, en toute autre occasion, eussent passé inaperçus, et que l'on pouvait attribuer à la décomposition normale des chairs. On eût dit des brûlures légères qui auraient laissé une sorte de trace étoilée sur le visage. En y regardant de très près, on pouvait distinguer, sur la face de Maxime d'Aulnay, affirmèrent deux médecins sur trois (car le troisième n'y voyait rien du tout) *comme un aspect de soleil de sacristie.*

Les médecins légistes avaient, bien entendu, examiné également le corps de Martin Latouche, et ils n'avaient

relevé d'autres traces que celle d'une hémorragie nasale
très faible, qui s'était également répandue par la bouche.
En somme, il y avait, au bout du nez, et à la commissure
de la bouche, du côté où était incliné le cadavre, un petit
filet de sang qui s'était coagulé.

En vérité, cette hémorragie avait dû être produite par
la chute du corps sur le parquet, mais, lancés comme
étaient les esprits, on ne manqua point encore d'attacher
à ces insignifiants stigmates une importance mystérieuse
destinée à laisser planer sur le triple décès une légende
criminelle qui s'empara définitivement de la foule.

Des experts avaient travaillé consciencieusement les
deux lettres menaçantes qui avaient été remises en pleine
Académie aux deux premiers récipiendaires, et ils avaient
déclaré que ces lettres n'étaient point de l'écriture de
M. Eliphas de la Nox, écriture dont ils avaient été préalablement authentiquement munis. Mais il se trouva justement des gens pour prétendre que les experts s'étaient
trop souvent trompés en affirmant qu'une écriture était
authentique, pour qu'ils ne se trompassent point en pré-
tendant qu'elle ne l'était point.

Enfin, restait l'orgue de Barbarie. Un expert antiquaire,
qui faisait quelquefois commerce de stradivarius plus ou
moins vraisemblables, demanda à voir l'instrument.

On le lui permit, dans le dessein de calmer les cervelles
exaltées qui imaginaient que cette vieille boîte, qui jouait
de la musique pendant que Martin Latouche expirait,
ne devait pas être un orgue ordinaire et qu'un homme
comme l'Eliphas y avait peut-être caché l'instrument, ou
mieux, le *moyen* mystérieux de son crime. L'antiquaire
examina l'orgue sur toutes les coutures et joua même
l'air du crime, comme disait Babette.

« Eh bien, lui demanda-t-on, est-ce là un orgue comme
les autres?

— Non, répondit-il, ce n'est point un orgue comme les autres... c'est une des pièces les plus curieuses et les plus anciennes qui nous soient venues d'Italie.

— Enfin, y avez-vous découvert quelque chose d'anormal?

— Je n'ai rien découvert d'anormal.

— *Croyez-vous cet orgue complice du crime?*

— Je n'en sais rien, répondit d'une façon bien ambiguë l'antiquaire, *je n'étais pas là au moment du grand grincement de déclenchement dans la manivelle de la musique de l'air du crime.*

— Mais vous croyez donc qu'il y a eu crime?

« *Euh! Euh!* »

On essaya en vain de demander à cet homme ce qu'il voulait dire avec son « Euh! Euh!... » Il s'en tint à : « Euh! Euh! »

Cet expert, avec son « Euh! Euh! », finit de jeter la perturbation dans les consciences.

Il faisait aussi profession de vendre des tableaux; il habitait rue Laffitte et s'appelait M. Gaspard Lalouette.

VII

LE SECRET DE TOTH

A QUELQUES jours de là, à trois heures quinze de l'après-midi, un voyageur, qui devait avoir dans les quarante-cinq ans, et dont le ventre, aimablement rebondi, s'ador-nait d'une belle épaisse chaîne d'or, descendait d'un wagon de seconde classe à La Varenne-Saint-Hilaire.

Après s'être soigneusement enveloppé dans les plis de son manteau-pèlerine — car on était au temps des ge-lées — et avoir conversé quelques instants avec l'employé qui recevait les tickets, il prit la grande avenue centrale qui aboutit à la Marne, traversa le pont qui conduit à Chennevières et descendit à sa droite sur la rive.

Il la suivit un quart d'heure environ, puis sembla s'orienter. Il venait de laisser derrière lui les dernières villas vides d'habitants depuis l'été et se trouvait dans un espace absolument plat et désert. Une grande nappe toute blanche des neiges récentes s'étendait à ses pieds, et l'homme, avec son manteau dont la marche agitait les ailes, paraissait là-dessus comme un grand oiseau noir.

Au loin, tout au loin, un toit aigu qu'encerclait un groupe d'arbres rendus presque invisibles par le grésil qui les faisait de la couleur du ciel, fut cependant aperçu par notre voyageur qui, aussitôt, laissa échapper, dans l'air sonore, quelques phrases de méchante humeur. Il se plaignait que l'*on* fût assez « loufoque » pour habiter dans un pareil pays en plein hiver. Cependant, il hâta le pas, mais il ne s'entendait pas marcher, car ses pieds étaient revêtus de galoches en caoutchouc.

Un immense silence, un silence tout blanc l'entourait.

Il était environ quatre heures quand l'homme arriva aux arbres. La propriété qu'ils abritaient était enclose de hauts murs. L'entrée était défendue par une solide grille en fer.

Aussi loin que le regard s'étendait, on ne voyait point d'autre habitation que celle-là.

A la grille pendait le fil de fer d'une sonnette. L'homme sonna. Aussitôt, deux chiens énormes, deux véritables molosses se ruèrent en grondant sur l'homme, la gueule écumante. S'il n'y avait pas eu la grille entre ces chiens et l'homme, on aurait certainement eu à déplorer un malheur.

L'homme recula, bien qu'il n'eût rien alors à craindre de la colère de ces bêtes dévorantes.

Une voix terriblement gutturale commanda : « Ajax! Achille! A la niche! Sales bêtes! » Et un géant parut.

Oh! c'était un géant! un vrai! quelque chose de monstrueux! de plus de deux mètres de haut, peut-être même deux mètres cinquante, quand le titan se tenait tout droit, car, dans cette minute, il marchait légèrement penché en avant, ses lourdes épaules courbées, selon une attitude qui devait lui être coutumière. La tête était toute ronde, avec de courts cheveux en brosse; une moustache tombante de Hun lui barrait le visage; la mâchoire paraissait aussi redoutable que celle des deux animaux dont les crocs grinçaient sur les barreaux. De ses poings formidables, il accrocha les bêtes à l'encolure, leur fit lâcher prise et les rejeta vaincues derrière lui.

Le visiteur eut un léger tremblement, oh! un rien! un frisson des épaules! Evidemment, il ne faisait pas chaud!...

Et il murmura entre ses dents :

« On m'avait bien dit : prenez garde aux chiens, mais on ne m'avait pas parlé du géant. »

Le monstre — nous parlons du géant — avait collé son effarante face de brute à la grille :

« Quzzguia? »

Le visiteur devina que ceci voulait dire : qu'est-ce qu'il y a?... Et il répondit en se tenant à une distance respectueuse :

« Je voudrais parler à M. Loustalot. »

« — Quzzivlez? »

Evidemment, le visiteur était d'une bonne intelligence moyenne, car il comprit encore que ceci signifiait : « Qu'est-ce que vous lui voulez? »

« Dites-lui que c'est pressé, que c'est pour l'affaire de l'Académie. »

Et il tendit sa carte qu'il avait tenue prête dans la poche de son manteau. Le géant prit la carte et il s'éloigna en grondant dans la direction d'un perron qui devait donner accès à la principale entrée de l'habitation. Aussitôt Ajax et Achille revinrent appliquer leurs mufles menaçants à la grille, mais cette fois, ils n'aboyèrent plus. Ils considéraient en silence le nouveau venu et, du sang aux yeux, semblaient estimer, morceau par morceau, le repas dont ils étaient séparés.

Le visiteur, impressionné, détourna la tête et fit quelques pas de long en large.

« Je sais, dit-il tout haut, que je dois avoir de la patience, mais on ne m'avait pas dit qu'il me faudrait aussi du courage. »

Il regarda l'heure à sa montre et il continua son monologue, comme s'il espérait que le bruit que faisaient ses paroles autour de lui l'empêcherait de penser aux trois monstres qui gardaient cette demeure solitaire.

« Il n'est pas tard! dit-il... Tant mieux... Il paraît que je puis attendre une heure, deux heures, trois heures, avant qu'il me reçoive... Il ne se dérange pas pendant ses expériences... et quelquefois il vous oublie... Tout est permis au grand Loustalot. »

Ces quelques phrases nous permettront d'apprécier le joyeux étonnement du voyageur, quand il vit soudain venir à lui, non point le géant qui avait disparu, mais le grand Loustalot lui-même...

Le grand Loustalot, l'honneur et la gloire de la science universelle, était petit, c'est-à-dire d'une taille au-dessous de la moyenne.

Nous savons qu'il était, en dehors de ses travaux, nonchalant et distrait, et qu'il passait au milieu des hommes comme une ombre légère et lointaine, ignorante de toutes les contingences. C'étaient là des détails que nul n'ignorait, et qui devaient, en particulier, être connus du visiteur, car celui-ci, que l'arrivée si rapide de M. Loustalot avait déjà fort étonné, marqua, par son attitude, une véritable stupéfaction en apercevant le grand petit savant qui se précipitait de toute la vélocité de ses petites jambes vers la grille, et le saluait de ces mots :

« C'est vous, monsieur Gaspard Lalouette?

— Oui, maître... c'est moi, pour vous servir... », fit M. Gaspard Lalouette, en donnant dans l'air un grand coup de son chapeau de feutre mou. (L'expert antiquaire marchand de tableaux portait dans les grandes occasions des manteaux à pèlerine et des chapeaux de feutre mou pour ressembler, autant que possible, à des héros de lettres bien connus, comme Lord Byron, par exemple, ou Alfred de Vigny et son fils Chatterton, car il avait par-dessus tout l'amour de la littérature et il était — il ne faut pas l'oublier — officier d'Académie.)

La petite figure toute rose et souriante du grand Loustalot apparaissait alors à la grille, à peu près à la même hauteur que les gueules effrayantes des deux molosses, et entre ces deux gueules. C'était un spectacle.

« Alors, c'est vous qui avez expertisé l'orgue de Barbarie? » demanda le grand Loustalot, dont les petits yeux, à l'ordinaire si voilés, quand ils étaient partis pour quelque scientifique insoupçonnable rêve, étaient soudain devenus vivants, papillotants, perçants.

« Oui, maître, c'est moi! »

Nouveau coup du chapeau de feutre dans l'air glacé.

« Eh bien, entrez... Il fait froid dehors... »

Et le grand Loustalot fit jouer, sans aucune distraction, les verrous intérieurs qui fermaient la grille...

« Entrez! » était facile à dire... quand on était l'ami d'Ajax et d'Achille. Les chiens aussitôt la porte ouverte avaient bondi, et le pauvre Gaspard Lalouette avait bien cru sa dernière heure venue, mais un clappement de la langue de M. Loustalot avait arrêté net les deux cerbères dans leur élan...

« N'ayez pas peur de mes chiens, dit-il, ils sont doux comme des agneaux. »

En effet, Ajax et Achille rampaient maintenant dans la neige, en léchant les mains de leur maître.

M. Gaspard Lalouette, héroïquement, entra. Loustalot, aussitôt, lui fit les honneurs. Il le précéda, après avoir refermé la grille. Les deux chiens, maintenant, suivaient, et Lalouette n'osait se retourner, de peur qu'un faux mouvement n'invitât les bêtes à quelque jeu irréparable. On monta les degrés du perron.

La maison de M. Loustalot était une belle et grande maison des champs, solide, confortable, construite en brique et pierre meulière. Elle était tout entourée, dans le jardin et la cour, de petits bâtiments qui devaient être certainement consacrés aux travaux immenses du grand Loustalot, travaux qui révolutionnaient la chimie, la physique, la médecine, et généralement toutes les fausses théories placées par l'ignorance routinière des hommes à l'origine de ce que nous appelons, dans notre orgueil : la science.

Une particularité du grand Loustalot était qu'il travaillait tout seul.

Son caractère, qui était, paraît-il, assez ombrageux, ne supportait pas la collaboration.

Et il habitait cette maison toute l'année, avec son domestique — un unique domestique — le géant Tobie. Le fait était bien connu. On ne s'en étonnait pas. Le génie a besoin d'isolement.

Derrière Loustalot, Gaspard Lalouette avait pénétré dans un étroit vestibule sur lequel donnait l'escalier conduisant aux étages supérieurs.

« Je vais vous faire monter au salon, dit le grand Loustalot, nous serons mieux pour causer. »

Et il gravit l'escalier qui conduisait au premier étage. Lalouette suivait, naturellement, et derrière Lalouette, venaient les chiens.

Après le premier étage, on se mit à monter au second. Là, on s'arrêta, car il n'y avait pas de troisième étage. Le salon du grand Loustalot était sous les toits. Il en poussa la porte. C'était une pièce toute nue, sans ornement aucun aux murailles, et garnie tout simplement d'un guéridon et de trois chaises en paille. Les deux hommes entrèrent, toujours suivis des deux chiens.

« C'est un peu haut! fit le grand Loustalot, mais, au moins, les visiteurs — vous savez qu'il y en a qui ne se gênent point pour faire du bruit et qui se croient partout

chez eux, marchant dans le salon de long en large, à tort
et à travers —, les visiteurs, quand je les fais attendre
dans le grenier, ne me gênent point pendant que je travaille en bas dans ma cave. Asseyez-vous donc, mon cher
monsieur Lalouette, je ne sais ce qui vous amène, mais
je serais particulièrement heureux de vous faire plaisir.
J'ai appris par les journaux que je lis quelquefois...

— Moi, mon cher maître, je ne les lis jamais, mais
Mme Lalouette les lit pour moi. Comme ça je ne perds
pas de temps et je suis au courant de tout. »

Mais il n'en dit pas plus long. L'attitude jusqu'alors
si aimable du grand Loustalot présentait tout à coup
un aspect inquiétant. Sa petite personne si remuante, à
l'instant même, s'était immobilisée sur sa chaise comme
un pantin de cire, cependant que ses yeux, naguère si
papillotants, étaient devenus tout à fait fixes, *comme les
yeux de quelqu'un qui écoute au loin s'il n'entend pas
quelque chose.*

En même temps, les deux chiens qui s'étaient placés
de chaque côté de M. Gaspard Lalouette, ouvrant lente-
ment leurs gueules énormes, faisaient entendre un lent,
long, lamentable ululement comme lorsque les chiens,
raconte-t-on, « hurlent à la mort ».

Impressionné, effrayé même, M. Lalouette qui, cependant, ne perdait pas facilement son sang-froid, se leva.
Sur sa chaise, immobile, le Loustalot *écoutait* toujours,
loin, loin. Enfin, il parut revenir du bout du monde, et,
avec la rapidité automatique d'un jouet à ressort, il se
jeta sur les chiens et les frappa de ses petits poings jusqu'à ce qu'on ne les entendît plus.

Et puis, se retournant sur Lalouette, il le fit se rasseoir
et lui parla, cette fois, sur le ton le plus rude et le plus
déplaisant.

« Allons!... dépêchez-vous!... je n'ai pas de temps à

perdre!... parlez!... Cette affaire de l'Académie est bien regrettable... ces trois morts... trois morts sublimes. Mais je n'y peux rien, moi, n'est-ce pas! *Il faut espérer que ça ne va pas continuer!*... car enfin, où irions-nous, où irions-nous? comme dit ce bon M. Patard!... Le calcul des probabilités serait tout à fait insuffisant à expliquer une quatrième mort naturelle... certainement si l'Académie française, dont je m'honore de faire partie... si l'Académie existait depuis dix mille années et encore... une chose pareille en dix mille ans!... Non! c'est fini... Trois, c'est déjà bien beau! Il faut tout à fait se rassurer!... Mais parlez donc, monsieur Lalouette... je vous écoute!... Alors vous avez expertisé l'orgue de Barbarie?... Et vous avez dit... j'ai lu cela... vous avez dit : « Euh! Euh! » Au fond, que croyez-vous? »

Et il ajouta sur un ton radouci, presque enfantin :

« C'est très curieux, cette histoire de la *chanson qui tue.*

— N'est-ce pas? osa enfin « placer » M. Gaspard Lalouette qui, désormais tout à son sujet, ne pensa plus du tout aux deux molosses qui, eux, ne le perdaient pas de vue. N'est-ce pas?... Eh bien, mon cher maître... c'est à cause de cela que je suis venu vous trouver... à cause de cela... *et du secret de Toth*... puisque vous lisez les journaux.

— Oh! je les parcours, monsieur Lalouette, je n'ai pas, moi, de Mme Lalouette pour me les lire, et je n'ai pas plus de temps à perdre que vous, veuillez le croire... aussi j'ignore tout à fait ce que c'est que *votre secret de Toth!*

— Ah! ce n'est pas le mien, hélas! sans quoi, je serais, paraît-il, le maître de l'univers... mais je suis en mesure de vous dire en quoi il consiste.

— Pardon, monsieur, pardon, ne nous égarons pas! Est-ce qu'il y a un lien quelconque entre la *chanson qui tue* et le *secret de Toth?*

— Sans doute, mon cher maître, sans quoi je ne vous en parlerais pas...

— Enfin, où voulez-vous en venir? Quel a été votre but en venant ici?

— De vous demander, comme au plus savant, si un être qui connaît le *secret de Toth* peut en tuer un autre par des moyens inconnus au restant des hommes. Ce que je veux savoir, moi, Gaspard Lalouette, que les circonstances ont appelé, comme expert, à dire mon mot dans cette lugubre histoire, c'est ceci, — ceci pourquoi uniquement je suis venu vous trouver : — Martin Latouche peut-il avoir été assassiné? Maxime d'Aulnay peut-il avoir été assassiné? Jehan Mortimar peut-il avoir été assassiné? »

M. Lalouette n'avait pas fini de formuler cette triple hypothèse qu'Ajax et Achille rouvrirent leurs épouvantables gueules d'où il s'échappa, plus lamentable encore que tout à l'heure, le ululement à la mort! En face, le grand petit Loustalot, les yeux redevenus fixes comme *ceux de quelqu'un qui écoute au loin s'il n'entend pas quelque chose*, le grand petit Loustalot était tout pâle.

Mais, cette fois, il ne fit pas taire ses molosses et, avec le ululement des chiens, M. Gaspard Lalouette crut entendre un autre ululement plus affreux, plus horrible, comme un ululement qui aurait été humain.

Mais c'était sans doute une illusion, car les chiens se turent à la fin et ce qui aurait pu être un ululement humain se tut en même temps.

Alors, M. Loustalot dit, les yeux redevenus papillotants, vivants, et après avoir fait entendre une petite toux sèche :

« Bien sûr que non qu'ils n'ont pas été assassinés... Ça n'est pas possible.

— N'est-ce pas! Ça n'est pas possible!... s'exclama

M. Loustalot!... Et il n'y a pas de *secret de Toth* qui tienne!... »

M. Loustalot se grattait alors le bout du nez... il fit : « Hum! Hum! »

Ses yeux étaient repartis, vagues... lointains... M. Lalouette parlait encore, mais, de toute évidence, M. Loustalot ne l'entendait plus... ne le voyait même plus... oubliait même qu'il était là...

Et M. Loustalot oublia si bien que M. Lalouette était là, qu'il s'en alla, tranquillement, sans un mot d'au revoir ni de politesse à l'adresse de son hôte, et il referma la porte, laissant M. Gaspard Lalouette avec les deux molosses.

M. Lalouette se dirigea vers la porte, mais il trouva entre elle et lui Ajax et Achille qui s'opposèrent formellement, sans grand discours, à ce qu'il fît un pas de plus dans cette direction.

Le malheureux, alors, tout à fait ahuri, et ne comprenant rien à sa situation, appela.

Et puis, il se tut, car sa voix avait le don d'exaspérer, semblait-il, les deux chiens qui montraient des crocs terribles.

Il recula. Il alla à la fenêtre. Il l'ouvrit. Il se disait : « Si je vois passer le géant, je lui ferai signe, car, certainement, le grand Loustalot m'a tout à fait oublié ici avec ses chiens. »

Mais il ne vit passer personne... Au-dessous de lui, c'était un vrai désert de neige, personne dans la cour, personne dans la campagne... et la nuit allait venir si rapide, selon sa coutume en cette saison.

Il se retourna, ruisselant de sueur malgré le froid, assailli de mille tristes pressentiments. Les chiens avaient fermé leurs gueules. Il eut l'idée audacieuse de les caresser. Les gueules se rouvrirent...

Et soudain, pendant que les gueules ne hurlaient pas
encore, une clameur humaine, — oh! bien certainement
humaine, follement humaine, — horriblement, remplit
l'espace, et il en eut encore les moelles glacées. Il se rejeta
à la fenêtre, il vit l'espace... l'espace désert tout blanc
qui avait vibré de ce cri forcené, mais à son oreille, maintenant, il n'y avait plus que le double ululement formidable des molosses qui avait recommencé. Et M. Gaspard Lalouette se laissa tomber sans forces sur une chaise,
les mains aux oreilles... Alors il n'entendit plus rien,
et pour ne plus voir les gueules ouvertes, il ferma les
yeux.

Il les rouvrit au bruit d'une porte que l'on poussait.
C'était M. Loustalot. Les chiens s'étaient tus à nouveau.
Tout s'était tu. Jamais rien n'avait été plus silencieux
que cette maison.

Le grand Loustalot gentiment s'excusa :

« Je vous demande pardon de vous avoir quitté un
instant... Vous savez, quand on fait une expérience... Mais
vous n'étiez pas seul, ajouta-t-il, en ricanant drôlement...
Ajax et Achille vous ont tenu compagnie, à ce que je
vois... Oh! ce sont de vrais chiens d'appartement.

— Cher maître, répondit, d'une voix un peu altérée,
M. Lalouette qui se remettait de son émotion en retrou-
vant un Loustalot si aimable et si naturel... cher maître...
j'ai entendu tout à l'heure un cri terrible.

— Pas possible! fit Loustalot étonné... ici!

— Ici.

— Mais il n'y a personne que mon vieux Tobie et
moi, et je viens de le quitter.

— C'est, sans doute alors, dans les environs.

— Sans doute... Bah! quelque braconnier de la Marne...
quelque querelle avec un garde... mais, en effet, vous me
paraissez tout ému... Voyons, M. Lalouette, ce n'est pas

sérieux... remettez-vous... attendez, je vais fermer la fenêtre... là, nous sommes chez nous... et maintenant, cau-
sons comme des gens raisonnables... Est-ce que vous n'êtes
pas un peu fou de venir me demander, à moi, ce que
je pense du *secret de Toth* et de la *chanson qui tue?*
Cette affaire de l'Académie est extraordinaire, mais il
faut se garder de la rendre plus extraordinaire encore
avec toutes les bêtises de leur Eliphas, de leur Taillebourg, de leur je ne sais quoi, comme dit cet excellent
M. Patard. A ce qu'il paraît qu'il est malade, ce pauvre
Patard?

— Monsieur, c'est M. Raymond de la Beyssière qui
m'a conseillé de me rendre chez vous.

— Raymond de la Beyssière, un fou!... un ami de la
Bithynie... un Pneumatique... ça fait tourner les tables,
et on appelle ça un savant! Il doit savoir ce que c'est que
le *secret de Toth*, lui. Qu'est-ce qu'il vous envoie faire
chez moi?

— Eh bien, voilà! J'étais allé chez lui, parce qu'on
parlait beaucoup, depuis quelques jours, du *secret de Toth*
sans savoir ce que c'était. Il faut vous dire que l'Eliphas
dont on s'est d'abord moqué apparaît maintenant terrible
à tout le monde et qu'on a fait des perquisitions chez lui,
dans son laboratoire de la rue de la Huchette, et qu'on a
découvert là, sur les mystères de l'Humanité, des formules qui ne sont point aussi inoffensives qu'on pourrait
le croire, car il s'y mêle assez de physique et de chimie,
paraît-il, pour faire passer, *à distance*, les gens de vie à
trépas!

— Dans ce genre-là, ricana le grand Loustalot... il y
a la formule de la poudre à canon...

— Oui, mais elle est connue... tandis qu'il y a une
formule, paraît-il, qui n'est pas connue de tout le monde
et qui est la plus dangereuse de toutes... c'est ce qu'on

appelle le *secret de Toth*... A ce qu'il paraît que sur tous les murs du laboratoire de la rue de la Huchette cette formule mystérieuse de Toth est répétée... On a demandé, — les magistrats poussés par l'opinion publique et des journalistes et moi-même, — on a demandé à M. Raymond de la Beyssière, qui est un de nos plus brillants égyptiaques, ce que c'était que le secret de Toth. Il a répondu textuellement : « La *lettre* du secret de Toth est « celle-ci : *Tu mourras si je veux par le nez, les yeux, la « bouche et les oreilles, car je suis le maître de l'air, de « la lumière et du son.* »

— C'était un type épatant que ce vieux Toth! » fit le grand Loustalot en hochant la tête d'un air mi-sérieux, mi-goguenard.

« S'il faut en croire M. Raymond de la Beyssière, il faudrait voir en lui l'inventeur de la magie. C'était l'Hermès des Grecs, à ce qu'il paraît, et il était neuf fois grand. On a trouvé sa formule écrite à Sakkarah, sur les parois des chambres funéraires des pyramides des rois de la Vᵉ et de la VIᵉ dynastie — ce sont les plus anciens textes que nous connaissions —, et cette formidable formule était entourée d'autres formules qui préservaient de la morsure des serpents, de la piqûre des scorpions et, en général, de l'attaque de tous les animaux qui fascinent.

— Mon cher M. Lalouette, déclara le grand Loustalot, vous parlez comme un livre. On a plaisir à vous entendre.

— Je suis doué, mon cher maître, d'une excellente mémoire, mais je n'en tire aucune vanité. Je suis le plus ignorant des hommes et je viens bien humblement vous demander ce que vous pensez du secret de Toth... M. Raymond de la Beyssière ne cache pas que la *lettre* du fameux secret inscrite dans le tombeau était suivie de signes mystérieux comme nos algébriques et nos chimiques sur lesquels ont pâli des générations d'égyptiaques.

Et il disait que ces signes qui donnaient la puissance
dont parle Toth avaient été déchiffrés par l'Eliphas de
la Nox. Celui-ci l'affirma à plusieurs reprises et on a
retrouvé dans ses papiers, lors de la perquisition rue
de la Huchette, un manuscrit intitulé : *Des forces du
passé à celles de l'avenir,* qui tendrait à faire croire que
l'Eliphas avait, en effet, pénétré la pensée redoutable
des savants de ce temps-là. Vous savez naturellement,
mon cher maître, que les prêtres de la première Egypte
avaient déjà découvert l'électricité?

— T'es chouette, Lalouette, ricana Loustalot en se
courbant comme un singe et en se prenant le bout de ses
pieds dans l'extrémité de ses petites mains. Mais continue toujours... tu m'amuses. »

M. Gaspard Lalouette fut suffoqué d'une aussi vulgaire
familiarité, mais réfléchissant que les hommes de génie
ne sauraient se mouvoir dans le cadre de politesse fabri-
qué pour les hommes ordinaires, il continua sans avoir
l'air de s'apercevoir de rien :

« Ce M. Raymond de la Beyssière est très affirmatif
là-dessus. Et il a même ajouté : « Ils pouvaient être aussi
« bien au courant des forces incommensurables de la dé-
« matérialisation de la matière que nous venons seule-
« ment de découvrir et même peut-être avaient-ils mesuré
« ces forces-là, ce qui leur permettait bien des choses. »

Le grand Loustalot lâcha ses petits pieds, se détendit
comme un arc et se retrouva d'aplomb sous le menton
de M. Lalouette, proférant, en se grattant le bout du
nez, ces paroles étranges :

« Tu l'as dit, bouffi! »

M. Lalouette ne sourcilla pas; il dit :

« Tout cela vous semble bien ridicule, mon cher
maître.

— Tu parles, Charles!

— Je ne suis pas fâché, fit aussitôt M. Lalouette, en souriant aimablement au cher maître, de vous voir prendre les choses sur ce ton. Figurez-vous que j'avais fini par me laisser impressionner, comme tant d'autres. Car vous savez ce qui est arrivé. Aussitôt que l'on a connu le texte du secret de Toth : « Tu mourras si je « veux par le nez, par les yeux, la bouche et les oreilles, « car je suis le maître de l'air, de la lumière et du son », aussitôt, il s'est trouvé des gens pour tout expliquer.

— Ah! oui!

— A l'idée qu'avec le secret de Toth, Eliphas était le maître du *son* ils se sont rappelé aussitôt les paroles de la Babette, sur *la chanson qui tue!* Et ils ont dit que l'Eliphas, ou le vielleux, avait introduit quelque chose dans le mécanisme de l'orgue, *une force qui tue en chantant* et qui était peut-être enfermée dans une boîte qu'on a retirée ensuite de l'orgue. C'est là-dessus que j'ai demandé à visiter l'orgue.

— C'est une affaire qui vous intéressait donc bien, monsieur Lalouette? » interrogea le savant sur un ton presque farouche et qui démonta tout à fait ce pauvre M. Lalouette qui n'était cependant point timide.

« Elle ne m'intéressait pas plus que les autres, répondit-il d'une façon assez embarrassée... Vous savez, moi aussi j'ai vendu des orgues... de vieilles orgues... et j'ai voulu voir...

— Et qu'est-ce que vous avez vu?

— Ecoutez, maître..., je n'ai rien vu dans l'orgue, mais j'ai découvert, à côté de l'orgue, quelque chose... un objet que voici... »

Et M. Lalouette tira de la poche de son gilet un long tube étroit qui se terminait en cône et qui ressemblait à peu près à une embouchure d'instrument à vent.

Le grand Loustalot prit l'objet, le regarda et le rendit.
« C'est quelque embouchure, fit-il, de quelque buccin...

— Je le crois aussi. Cependant, figurez-vous, mon cher
maître, que cette embouchure s'emboîtait merveilleuse-
ment sur un trou qui était à l'orgue de Barbarie, et je
n'ai jamais vu d'embouchure de ce genre à un orgue de
Barbarie... Je vous demande pardon... mais hanté par
toutes les bêtises que j'avais entendues, je me suis dit :
« C'est là peut-être l'embouchure qui était destinée à
« conduire dans une certaine direction le *son qui tue.* »

— Oui! Eh bien, mon cher antiquaire de Lalouette,
en voilà assez! Vous êtes aussi bête que les autres!... et
qu'est-ce que vous allez faire de cette embouchure?

— Mon cher maître, déclara Lalouette en s'essuyant
le visage... je n'en ferai rien du tout et je ne m'occuperai
plus du tout de cet orgue, si un homme tel que vous me
déclare que le secret de Toth...

— Est le secret des imbéciles!... Adieu, monsieur Lalouette, adieu!... Ajax! Achille! laissez partir le monsieur. »

Mais Lalouette qui avait maintenant la liberté de sortir
n'en profita pas.

« Encore un mot, mon cher maître... et vous aurez
soulagé ma conscience à un point que vous ne pouvez
soupçonner, mais que je me permettrai de vous expliquer
plus tard.

— Qu'est-ce? interrogea aussitôt Loustalot en redressant l'oreille et en s'arrêtant sur le palier.

— Voici. Ceux qui ont dit que l'Eliphas avait pu assassiner Martin Latouche avec *la chanson qui tue,* ont, toujours d'après le secret de Toth qui parle de la puissance
mortelle de la lumière, prétendu que Maxime d'Aulnay
avait été tué à coups de rayons.

— A coups de rayons! Décidément il faut vous enfermer! Pourquoi à coups de rayons?

— Oui, on lui aurait envoyé dans l'œil, à l'aide d'un appareil spécial, des rayons préalablement empoisonnés, et il en serait mort. A l'appui de leurs dires, ceux-ci affirment qu'un rayon est venu frapper Maxime d'Aulnay pendant qu'il lisait son discours... et que M. d'Aulnay a fait, avant de tomber foudroyé, le geste de celui qui veut chasser de son visage une mouche ou se garantir tout à coup d'un éclat lumineux qui le gêne.

— Ah! ça... c'est envoyé!... Pan! dans l'œil!

— Enfin, le secret de Toth permet encore de tuer par la bouche ou par le nez. Ces fous, car je vois bien que l'on ne saurait leur donner un autre nom, ces fous, mon cher maître, ont choisi pour Jehan Mortimar la mort par le nez!

— Ils ne pouvaient mieux faire, monsieur! déclara le grand Loustalot, pour le poète des parfums tragiques.

— Oui, *les parfums sont quelquefois plus tragiques qu'on ne le pense.*

— Hortense!

— Riez, mon cher maître, riez! mais je veux vous faire rire jusqu'au bout. Ces messieurs prétendent que la première lettre qui fut apportée à Jehan Mortimar, avec la terrible inscription sur les parfums, est authentique, tout à fait de l'écriture d'Eliphas, tandis que la seconde n'est que l'envoi d'un mauvais plaisant. Dans sa lettre, Eliphas avait enfermé un poison subtil tel que celui des Borgia dont vous avez certainement entendu parler.

— Poil au nez! »

On aurait pu croire que la façon si méprisante avec laquelle le grand Loustalot croyait devoir répondre aux questions si sérieuses de M. Gaspard Lalouette finit par lasser la patience et la politesse de l'expert-antiquaire marchand de tableaux, mais, bien au contraire, il arriva que, ne se tenant plus de joie, M. Lalouette saisit le grand Loustalot dans ses bras et le combla de caresses. Il l'embrassait pendant que l'immense petit savant ruait de toutes ses petites jambes.

« Laissez-moi! criait-il, laissez-moi! ou je vous fais dévorer par mes chiens. »

Mais — hasard miraculeux —, les chiens n'étaient plus là et le bonheur de M. Lalouette paraissait à son comble.

« Ah! quel soulagement! s'écriait-il, que c'est bon!... que vous êtes bon! que vous êtes grand!... quel génie!

— Vous êtes fou! fit Loustalot en se dégageant enfin, furieux, ne sachant pas ce qui lui arrivait.

— Non! ce sont eux qui sont fous! Répétez-le-moi, mon cher maître, et je m'en vais.

— Evidemment! *ce sont des tous fous!*

— Ah! ah! *des tous fous!* je le retiens : des tous fous.

— Des tous fous! » reprit le savant.

Et tous deux répétaient : « Des tous fous! Des tous fous!... »

Et ils riaient maintenant, les meilleurs amis du monde.

Enfin, M. Lalouette prit congé. M. Loustalot l'accompagna fort aimablement jusque dans la cour et là, s'apercevant que la nuit était tout à fait tombée, il dit à M. Lalouette :

« Attendez! je vais vous accompagner un bout de chemin avec une lanterne; je ne veux pas que vous tombiez dans la Marne. »

Et il revint tout de suite avec une petite lanterne allumée qu'il brinquebalait à hauteur de ses courts genoux.

« Allons! » dit-il.

Et il ouvrit lui-même et ferma soigneusement la grille. On n'avait pas revu le géant Tobie. M. Lalouette se disait :

« Qu'est-ce qui m'a raconté que cet homme était distrait? Il pense à tout. »

Ils marchèrent ainsi pendant dix minutes. Ils arrivèrent à la rive de la Marne où M. Lalouette retrouva un sentier confortable. M. Lalouette, qui ne détestait point une certaine emphase dans la conversation, crut devoir dire alors, avant de quitter le grand Loustalot et après s'être excusé une fois de plus du grand dérangement qu'il avait causé :

« Décidément, cher maître, notre grand Paris est tombé très bas. Voici trois morts qui sont bien les plus naturelles des morts. Au lieu de les expliquer comme vous et moi avec les seules lumières de la raison, Paris préfère croire aux saltimbanques qui s'arrogent une puissance à faire rougir les dieux.

— *Poil aux yeux!* » termina le grand Loustalot, et il s'en retourna, tout de go, avec sa lanterne, laissant M. Gaspard Lalouette complètement abasourdi, sur la rive, au milieu de la nuit noire...

Au loin, la lueur de la lanterne dansait... et puis cette lueur-là aussi disparut, et, tout à coup, la clameur effrayante, le grand cri de mort, le uhulement humain retentit dans le lointain... suivi aussitôt de l'aboiement désespérément prolongé des molosses.

M. Lalouette, qui s'était d'abord arrêté haletant d'horreur à ce cri effarant, crut entendre plus près de lui le hurlement des bêtes... Il s'enfuit.

VIII

EN FRANCE, L'IMMORTALITÉ DIMINUE

Les *trente-neuf!* Le sort en était jeté. On disait maintenant : *Les trente-neuf!*

Il n'y avait plus que trente-neuf académiciens!

Nul ne se présentait pour faire le quarantième.

Depuis les derniers événements, plusieurs mois s'étaient écoulés pendant lesquels aucune candidature n'avait été posée au *fauteuil hanté.*

L'Académie était déshonorée...

... Et quand, par hasard, l'illustre Assemblée se voyait dans la nécessité de désigner quelques collègues qui devaient, suivant l'usage, relever l'éclat d'une cérémonie publique, généralement funèbre, par leur présence en uniforme, c'était tout un drame.

C'était à qui inventerait une maladie ou dénicherait au fond d'une province éloignée, quelque parent à l'agonie, pour ne point revêtir en public l'habit à feuilles de chêne et suspendre à son côté l'épée à poignée de nacre.

Ah! les temps étaient tristes!

Et l'Immortalité était bien malade.

On ne parlait plus d'elle qu'avec un sourire.

Car tout finit de la sorte en France, avec un sourire, même quand les chansons tuent.

L'enquête avait été rapidement close et l'affaire classée.

Et il semblait ne devoir rester de cette terrible aventure
où l'opinion affolée n'avait vu que des crimes, que le
souvenir *d'un fauteuil qui portait malheur.*

... Et dans lequel aucun homme n'était assez audacieux
pour aller désormais s'asseoir...

Ce qui, en effet, était assez risible.

Ainsi donc :

Toute l'horreur de cette inexplicable et triple tragédie
s'effaçait devant ce sourire :

Les. trente-neuf!

L'Immortalité avait diminué *d'Un.*

Et cela avait suffi pour la rendre à tout jamais ridicule.

Si bien ridicule, que l'empressement d'autrefois à faire
partie d'une Assemblée qui réunissait sans contredit les
plus nobles esprits de l'époque, s'était sensiblement ralenti.

Oui, même pour les autres fauteuils, — car il y eut sur
ces entrefaites deux ou trois fauteuils à distribuer, — les
candidats se firent tirer l'oreille. Dame! On ne se privait
point de les railler un peu de se présenter à un autre
fauteuil que celui de Mgr d'Abbeville.

Honteusement, ils faisaient leurs visites. On apprenait
qu'ils étaient candidats à la dernière minute, et c'était une
chose bien pénible de les entendre prononcer un éloge
quelconque alors que ceux de Mgr d'Abbeville, de Jehan
Mortimar, de Maxime d'Aulnay et de Martin Latouche
restaient encore à faire.

Ils passaient pour des lâches, ni plus ni moins.

Et l'on pouvait prévoir le moment où le recrutement de
l'Immortalité deviendrait quasi impossible.

En attendant, elle n'était plus que trente-neuf!

Les trente-neuf!... Si l'Immortalité avait eu des cheveux — mais elle est généralement chauve —, elle se
les serait arrachés...

Il lui restait bien une mèche, par ci, par là, sur le crâne, par exemple, de M. Hippolyte Patard, mais une si pauvre lamentable mèche que le désespoir lui-même l'aurait prise en pitié. C'était une mèche qui pleurait; comme qui dirait, pendante sur le front, une larme de cheveux.

M. Hippolyte Patard avait bien changé! On ne lui avait connu jusqu'alors que deux couleurs, la rose et la citron. Il en avait adopté une troisième, une troisième qui était indéfinissable par cela même qu'elle consistait à n'être plus une couleur du tout. C'est ce genre de couleur néga- tive, si j'ose dire, que les anciens mettaient aux joues des *Parques blêmes, déesses infernales.*

M. le secrétaire perpétuel semblait, lui aussi, tant sa mise était sinistre, monter de l'enfer où il avait bien cru, en son âme et conscience, qu'il allait descendre.

Après la mort de Martin Latouche, d'affreux remords le tinrent au lit, et on l'entendit, dans son délire, s'accuser de la triste fin du malheureux mélomane. Il demandait pardon à Babette, et il ne fallut rien de moins que la clô- ture de l'instruction, l'affirmation du médecin, la visite de ses collègues, pour le rendre à la raison. Ayant re- couvré l'usage de son bon sens, il comprit que jamais l'Aca- démie n'avait eu autant besoin de ses services. Il se leva, et héroïquement il reprit sa belle tâche.

Mais il ne fut pas longtemps à s'apercevoir que l'Immor- talité n'était plus pour lui une existence.

Quand il se rendait à l'Institut, il était obligé de prendre des chemins détournés pour n'être point reconnu et ne devenir point aussitôt un objet de risée.

Les séances autour du Dictionnaire se passaient en plaintes vaines, en soupirs, en gémissements inutiles, et cela n'était point fait pour hâter l'achèvement de ce glorieux ouvrage, quand, tout à coup, un beau jour que quelques membres de la Compagnie se tenaient silencieux et affaissés dans leur salle privée... il y eut dans la salle adjacente un grand bruit de portes ouvertes et fermées, et des pas hâtifs, et une irruption forcenée d'un Hippolyte Patard qui avait retrouvé toute, toute sa couleur rose.

Ce que voyant, tout le monde fut debout dans un grand brouhaha.

Qu'y avait-il?

M. le secrétaire perpétuel était si ému qu'il ne pouvait plus parler... Il agitait un morceau de papier, mais aucun son ne parvenait à sortir de sa bouche haletante... Certainement le courrier de Marathon n'était pas plus épuisé qui apporta à Athènes la nouvelle de la défaite des Perses et du salut de la cité.

Seulement, s'il mourut, c'est qu'il n'était pas, comme M. Hippolyte Patard, Immortel.

On fit asseoir M. Hippolyte Patard, on lui arracha le papier des mains, on lut :

« J'ai l'honneur de poser ma candidature au fauteuil laissé libre par la mort de Mgr d'Abbeville, de Jehan Mortimar, de Maxime d'Aulnay et de Martin Latouche. »

C'était signé :

« Jules-Louis-Gaspard LALOUETTE,
homme de lettres,
Officier de l'Académie.
32 *bis*, rue Laffitte, Paris. »

IX

EN FRANCE, ON TROUVE TOUJOURS
UN CITOYEN DE COURAGE ET DE BON SENS
POUR FAIRE HONTE, PAR SON EXEMPLE,
A LA FOULE STUPIDE.

TOUT simplement, on s'embrassa. Le souvenir de cet heureux enthousiasme s'est conservé à l'Académie sous le nom de *baiser Lalouette*.

Ceux qui étaient là regrettèrent de ne point se trouver en plus grand nombre pour se réjouir d'une façon plus complète. Plus on est de fous, plus on rit.

Ils riaient.

Ils s'embrassaient et ils riaient tous les sept.

Car ils n'étaient que sept. En ce temps-là on venait aux séances le moins possible, car elles n'étaient point gaies.

Mais celle-là fut mémorable.

Tous les sept résolurent immédiatement de rendre visite à ce M. Jules-Louis-Gaspard Lalouette. Ils le voulaient connaître sans plus tarder et, par une démarche aussi en dehors de tous les usages, le lier définitivement au sort académique. Ils voulaient l' « engager ».

On attendit que M. Hippolyte Patard fût un peu remis de son émoi, et tout le monde descendit chez le concierge que l'on envoya quérir deux voitures.

Ils avaient bien pensé se rendre rue Laffitte à pied — cela leur aurait fait du bien de « prendre l'air », et

depuis longtemps ils n'avaient point aussi légèrement res-
piré —, mais ils avaient craint qu'on ne reconnût sur les
trottoirs M. le directeur, M. le chancelier — qui n'étaient
plus les mêmes que ceux que nous avons connus, car le
bureau se renouvelle tous les trois mois —, et M. le secrétaire perpétuel; et qu'on ne se livrât à quelque manifes-
tation indécente dont aurait souffert la dignité académique.

Et puis, pour tout dire, ils étaient pressés de connaître
leur nouveau collègue. Vous pensez bien que dans les
deux voitures on ne s'entretenait que de lui. Dans la première on disait : « Qui est donc ce M. Lalouette, homme
de lettres? Ce nom ne m'est pas inconnu. Il me semble
qu'il a publié quelque chose dernièrement. Son nom était
dans les journaux. »

Dans la seconde on disait :

« Avez-vous remarqué qu'il a fait suivre sa signature de
cette formule curieuse : « Officier de l'Académie »? C'est
un homme d'esprit qui a voulu nous faire entendre qu'il
nous appartenait déjà. »

Et ainsi chacun disait son mot, comme il arrive lorsque
la vie est belle.

Seul, M. Hippolyte Patard ne disait rien, car sa joie
intime lui était trop précieuse pour qu'il la dispersât en
vains bavardages.

Il ne se demandait point, lui : « Qu'est ce M. Lalouette? Qu'a-t-il publié? » Tout cela lui était indifférent.
M. Lalouette était M. Lalouette, c'est-à-dire : le *quarantième,* et il lui accordait, sans discussion, du génie.

Ainsi on arriva rue Laffitte. Les voitures s'éloignèrent.
M. Hippolyte Patard constata que l'on se trouvait bien
en face du 32 *bis,* et, suivi de ses collègues, il pénétra
résolument sous la voûte.

Ils étaient dans une demeure de « belle apparence ».

Sur la porte de sa loge la concierge demanda à ces messieurs où ils allaient.

M. le secrétaire perpétuel dit :

« Monsieur Lalouette, s'il vous plaît?

— Il doit être dans sa boutique, monsieur. »

Les sept se regardèrent. « Dans sa boutique, M. Lalouette, homme de lettres? » La brave dame devait se tromper. M. le secrétaire perpétuel précisa :

« Nous désirons voir M. Lalouette, officier d'Académie.

— C'est bien cela, monsieur, je vous dis qu'il est dans sa boutique. L'entrée est dans la rue. »

Les sept saluèrent, assez étonnés et profondément déçus. Ils se retrouvèrent dans la rue et considérant une boutique d'antiquaire au-dessus de laquelle ils lurent ces mots : Gaspard Lalouette!

« C'est bien cela », fit M. Patard.

Ils regardaient les vitrines qui laissaient voir pas mal de bric-à-brac et un vieux tableau dont on ne distinguait plus les couleurs.

« On vend de tout ici », constata, les lèvres pincées, M. le directeur.

M. le chancelier dit :

« Ça n'est pas possible! Ce monsieur a mis sur sa carte : « homme de lettres. »

Mais M. le secrétaire perpétuel prononça d'une voix rogue :

« Je vous en prie, messieurs, ne faites pas les dégoûtés. »

Et bravement, il ouvrit la porte de la boutique. Les autres suivirent, mal à l'aise, mais n'osant plus risquer une observation. M. le secrétaire perpétuel leur lançait des regards fulgurants.

De l'ombre, une dame surgit qui portait au cou une belle grosse épaisse chaîne d'or.

Elle était d'un certain âge, avait dû être jolie, et d'admirables cheveux blancs lui donnaient un grand air. Elle demanda à ces messieurs ce qu'ils désiraient. M. Patard salua profondément, répondit qu'ils désiraient voir M. Lalouette, homme de lettres, officier d'Académie.

M. le secrétaire perpétuel, sur le ton d'un caporal à la manœuvre commanda :

« Annoncez l'Académie! »

Et il fixa ses hommes avec l'intention bien évidente de les flanquer tous à la salle de police s'ils faisaient un faux mouvement.

La dame poussa un léger cri, porta la main à sa poitrine qu'elle avait opulente, sembla se demander si elle allait s'évanouir, puis finalement rentra dans l'ombre.

« C'est sans doute Mme Lalouette, fit M. Patard; elle est très bien. »

Presque immédiatement, la dame revint avec un gentil monsieur bedonnant, dont le ventre s'adornait d'une belle grosse épaisse chaîne d'or.

Ce monsieur était d'une pâleur marmoréenne. Il s'avança vers les visiteurs sans pouvoir prononcer une parole.

Mais M. Hippolyte Patard veillait. Il le mit tout de suite à son aise.

« C'est vous, monsieur, dit-il, qui êtes M. Gaspard Lalouette, officier d'Académie, homme de lettres, qui posez votre candidature au fauteuil de Mgr d'Abbeville? S'il en est ainsi, monsieur — M. Gaspard Lalouette, qui n'avait pu surmonter son étouffante émotion, faisait signe qu'il en était ainsi —, s'il en est ainsi, monsieur, permettez à M. le directeur de l'Académie, à M. le chancelier, à mes collègues et à moi-même, M. Hippolyte Patard, secrétaire perpétuel, de vous féliciter. Grâce à vous, il sera entendu une fois pour toutes qu'en

France on trouve toujours un citoyen de courage et de bon sens pour faire honte, par son exemple, à la foule stupide. »

Et M. le secrétaire perpétuel serra solennellement et solidement la main de M. Gaspard Lalouette.

« Eh bien, réponds, Gaspard! » fit la dame aux cheveux blancs.

M. Lalouette regarda sa femme, puis ces messieurs, puis sa femme, puis encore M. Hippolyte Patard et il lut tant d'encouragement sur la bonne et honnête figure de ce dernier qu'il s'en sentit tout ragaillardi.

« Monsieur! fit-il, c'est trop d'honneur!... Permettez-moi de vous présenter « mon épouse. »

A ces mots : « mon épouse », M. le directeur et M. le chancelier avaient commencé d'esquisser un vague sourire, mais un coup d'œil terrible de M. Patard les arrêta net et les rendit à la gravité de la situation.

Mme Lalouette avait salué. Elle dit :

« Ces messieurs ont sans doute à causer. Ils seront mieux dans l'arrière-boutique. » Et elle les fit passer dans la pièce du fond.

Cette expression « l'arrière-boutique » avait fait faire une grimace à M. Hippolyte Patard lui-même, mais quand les académiciens eurent pénétré dans cette arrière-boutique-là ils furent tout heureux de reconnaître qu'ils étaient dans un véritable petit musée, arrangé avec le plus grand goût, et où, sur les murs et dans des tables-vitrines, on pouvait admirer des merveilles. Des tableaux, des statuettes, des bijoux, des dentelles, des broderies du plus grand prix étaient disposés.

« Oh! madame! votre arrière-boutique! s'exclama M. Hippolyte Patard, quelle modestie! Je ne connais point de plus beau, ni même de plus précieux ou de plus artistique salon dans toute la capitale.

— On se croirait au Louvre! déclara M. le directeur.

— Vous nous comblez! » affirma Mme Lalouette, en se rengorgeant.

Et tout le monde renchérit sur les splendeurs de l'arrière-boutique.

M. le chancelier dit :

« Cela doit vous faire de la peine de vendre d'aussi belles choses...

— Il faut bien vivre! répondit humblement M. Gaspard Lalouette.

— Evidemment! acquiesça M. le secrétaire perpétuel, et je ne connais point de plus noble métier que celui qui consiste à distribuer la beauté!...

— C'est vrai! approuva la Compagnie.

— Quand je parle de métier, reprit M. Patard, je m'exprime mal. Les plus grands princes vendent leurs collections. On n'est point marchand pour cela. Vous vendez vos collections, mon cher monsieur Lalouette, et c'est bien votre droit.

— C'est ce que je dis toujours à mon mari, monsieur, fit entendre Mme Lalouette, et c'est là l'objet de nos ordinaires discussions. Mais il a fini par me comprendre et sur le *Bottin* de l'année prochaine on ne lira plus : M. Gaspard Lalouette, marchand de tableaux, expert-antiquaire, mais : M. Gaspard Lalouette, collectionneur.

— Madame! s'écria M. Hippolyte Patard, enchanté, madame, vous êtes une femme supérieure. Il faudra mettre cela aussi dans *Le Tout-Paris*. »

Et il lui baisa la main.

« Oh! sûrement, répondit-elle, quand *il* sera de l'Académie. »

Il y eut un court silence et puis des petites toux.

M. Hippolyte Patard jeta un coup d'œil sévère sur tout le monde et, avec autorité, s'empara d'un siège.

« Asseyez-vous tous, ordonna-t-il. Nous allons causer sérieusement. »

On obéit. Mme Lalouette roulait entre ses doigts sa grosse épaisse chaîne d'or. A côté d'elle, M. Gaspard Lalouette fixait M. le secrétaire perpétuel avec, dans le regard, cette anxiété spéciale aux élèves un peu cancres qui se trouvent en face de leurs examinateurs, le jour du baccalauréat.

« Monsieur Lalouette, fit M. Patard, vous êtes un homme de lettres; cela veut-il dire que vous aimiez les lettres simplement, ou que vous ayez déjà publié quelque chose? »

Comme on le voit, M. le secrétaire perpétuel prenait déjà ses précautions pour le cas où M. Lalouette n'eût rien publié du tout.

« J'ai déjà, M. le secrétaire perpétuel, répondit avec assurance le marchand de tableaux, j'ai, déjà, publié deux ouvrages qui sont, j'ose le dire, fort appréciés des amateurs.

— Très bien cela! Et leurs titres, s'il vous plaît?

— *De l'art de l'encadrement.*

— Parfait!

— Et un autre sur l'authenticité des signatures de nos peintres les plus célèbres.

— Bravo!

— Evidemment, ces œuvres ne sont point répandues dans le gros public, mais tous ceux qui fréquentent l'Hôtel des ventes les connaissent.

— M. Lalouette est trop modeste, déclara Mme Lalouette en faisant sonner sa chaîne d'or. Nous avons ici une lettre de félicitations d'un personnage qui a su appré-

cier mon mari à sa juste valeur. J'ai nommé Mgr le
prince de Condé.

— Mgr le prince de Condé! s'exclamèrent tous les
académiciens en se levant comme un seul homme.

— Voici la lettre. »

Et Mme Lalouette tira, en effet, une lettre de son
opulent corsage.

« Elle ne me quitte jamais! fit-elle. Après M. Lalouette,
c'est ce que j'ai de plus cher au monde. »

Tous les académiciens étaient, maintenant, sur la lettre
qui était bien du prince et des plus élogieuses. La joie
était générale. M. Hippolyte Patard se retourna vers M. Lalouette et lui serra la main à la lui briser.

« *Mon cher collègue,* lui dit-il, vous êtes un brave! »

M. Lalouette devint tout rouge. Il avait relevé le
front. Déjà il dominait la situation. Sa femme le regardait avec orgueil.

Et tout le monde répéta :

« Oui, oui, vous êtes un brave. »

M. Patard :

« L'Académie s'honorera d'avoir un brave dans son
sein.

— Je ne sais, monsieur, fit M. Lalouette avec une
humilité feinte, car il voyait bien que « l'affaire était
dans le sac », s'il n'y a vraiment point trop d'ambition,
à un pauvre plumitif comme moi, à briguer un tel honneur?

— Eh! » s'écria M. le directeur qui considérait maintenant M. Lalouette avec amour depuis qu'il avait lu
la lettre de Mgr le prince de Condé!... « Cela fera réfléchir les imbéciles! »

M. Lalouette ne sut d'abord trop comment il devait
prendre cette réflexion, mais il y avait une telle allégresse sur le visage de M. le directeur, qu'il pensa que

celui-ci n'avait point voulu lui être désagréable, ce qui, du reste, était la vérité.

« De fait! il y en a eu dans toute cette histoire », dit-il.

On l'écouta. On était curieux de savoir comment M. Lalouette envisageait les malheurs de l'Académie. Maintenant on n'avait plus qu'une crainte, c'est qu'il revînt sur sa résolution. Il dit :

« Oh! moi, c'est bien simple! Je plains la pauvre humanité qui admet parfaitement une série de vingt et une à la noire et qui n'admet point trois morts naturelles de suite à l'Académie! »

On applaudit. M. le directeur qui ne connaissait point le jeu de la roulette se le fit expliquer. On laissa parler M. Lalouette. On l'étudiait. On était content de lui; mais ce fut une véritable admiration quand, à propos d'un incident purement littéraire qui s'était élevé entre M. le chancelier et M. le secrétaire perpétuel, M. Lalouette les départagea avec une remarquable autorité.

Voici comment la chose advint.

« Enfin, je vais pouvoir vivre, grâce à ce galant homme! s'était écrié M. Patard, dans son enthousiasme. Ma parole, je n'étais plus que l'ombre de moi-même et il m'était venu de *véritables abajoues*!

— Oh! monsieur le secrétaire perpétuel! réclama M. le chancelier : on dit de véritables *bajoues*! Abajoues, le mot n'est pas français. »

C'est alors que M. Lalouette, coupant court aux protestations de M. Patard, était intervenu, et il avait déclaré tout d'une traite et quasi sans respirer :

« *Abajoues*, altération du mot *bajoues,* substantif féminin. Poches que certains singes cheiroptères et rongeurs portent dans l'épaisseur des joues, de chaque côté de la bouche. Les abajoues sont des réservoirs

pour les aliments non consommés immédiatement.
Dans les chauves-souris du genre nyctère elles facilitent
le vol en permettant l'introduction de l'air dans le tissu
cellulaire sous-cutané. Par extension et plaisamment,
joues pendantes. Parties latérales du groin du cochon
et de la tête de veau! »

Il n'y avait rien à répondre à cela. Ils eurent tous
le bec clos, tout académiciens qu'ils étaient. Mais l'admiration générale devint presque de l'humiliation et cette
humiliation de la consternation, quand, passant devant
une sorte de table divisée en un certain nombre de
rainures parallèles où glissaient des boutons mobiles,
M. le directeur lui-même demanda ce que cela était et
qu'il lui fut répondu par M. Lalouette que cela était
l'*abaque* et qu'enfin M. le directeur demanda ce que
c'était qu'une *abaque*.

M. Lalouette parut grandir, il lança un coup d'œil
glorieux à Mme Lalouette et dit :

« Monsieur le directeur, on dit un *abaque*. *Abaque*
est un nom masculin qui vient du grec *abax*, comptoir,
damier, buffet. Chez les Grecs, table placée dans le
sanctuaire pour recevoir les offrandes. Chez les Romains,
buffet sur lequel on étalait la vaisselle de prix. Mathé-
matiques : machine à calculer d'origine grecque, em-
ployée par les Romains dans leurs opérations arithmé-
tiques. Les Chinois, les Tartares, les Mongols en ont usé.
Les Russes l'ont adopté. En architecture : Tablette qui
s'interpose entre le chapiteau d'une colonne et l'archi-
trave. Vitruve, monsieur le directeur, Vitruve se sert
du mot *plinthe* pour désigner l'*abaque*. »

En entendant le marchand de tableaux parler de
Vitruve, ils baissèrent tous la tête, à l'exception de M. Patard, dont l'œil flamboyait. Vitruve, surtout, finit de
le conquérir.

« Le fauteuil de Mgr d'Abbeville sera dignement occupé », dit-il.

Et on ne parla plus à M. Lalouette qu'avec respect. Enfin, ces messieurs, un peu gênés, et redoutant de commettre encore quelque faute de français, prirent congé. Ils firent leurs compliments à M. Lalouette et baisèrent tous la main de « son épouse » qui leur parut bien imposante.

Mais M. Patard ne s'en alla pas, car M. Gaspard Lalouette lui avait fait entendre qu'il avait quelque chose de particulier à lui dire.

Restés seuls, M. Lalouette congédia Mme Lalouette.

« Va-t'en, fifille, » ordonna-t-il.

Celle-ci s'en fut en poussant un soupir et en implorant du regard M. Patard.

« Qu'y a-t-il pour votre service, mon cher collègue? demanda M. Patard un peu inquiet.

— J'ai une confidence à vous faire, monsieur le secrétaire perpétuel; cela restera entre vous et moi, mais il est nécessaire que je ne vous cache rien... A nous deux, nous pourrons certainement remédier aux inconvénients de la chose... car, pour le discours, par exemple...

— Quoi?... pour le discours?... Expliquez-vous, mon cher monsieur Lalouette, je ne vous comprends pas... Ne sauriez-vous pas composer un discours?

— Oh! si, si, ce n'est pas cela qui me gêne!

— Eh bien, alors!

— Eh bien, alors... on le lit...

— Naturellement, c'est beaucoup trop long pour qu'on l'apprenne par cœur.

— Voilà bien ce qui me tracasse, monsieur le secrétaire perpétuel... *car je ne sais pas lire.* »

LE CALVAIRE

A CES derniers mots, M. le secrétaire perpétuel bondit comme s'il avait reçu un coup de fouet dans les jambes.

« Ça n'est pas possible! » s'écria-t-il.

Et il regarda M. Gaspard Lalouette, pensant que celui-ci se moquait de lui. Mais M. Lalouette se taisait maintenant, les yeux baissés, lui montrant une mine plutôt triste.

« Ah! ça, vous voulez rire, s'exclama M. Patard en tirant la manche de M. Lalouette.

— Non, non, fit M. Lalouette en secouant la tête comme un enfant malheureux, je ne ris pas!... »

Mais M. le secrétaire perpétuel, que semblait gagner une sorte de délire, reprit :

« Qu'est-ce que c'est que cette histoire-là? Voyons?... Répondez-moi!... Regardez-moi un peu!... »

M. Lalouette leva sur M. Patard un regard humble et douloureux, un de ces regards qui ne trompent pas.

Cette fois, M. le secrétaire perpétuel sentit un véritable frisson lui parcourir le corps de la tête aux pieds : *Le candidat à l'Académie ne savait pas lire!*

M. Patard eut un « oh! » qui en disait long sur son état d'âme.

Et puis, il se laissa tomber sur un siège, avec un gros soupir :

« Ça, c'est embêtant! » fit-il.

Et il y eut un triste silence entre les deux hommes.
Ce fut M. Gaspard Lalouette qui osa, le premier,
reprendre la parole :

« Je vous l'aurais bien caché, comme aux autres, mais
vous, qui êtes au secrétariat perpétuel, qui recevrez ma
correspondance, qui aurez certainement l'occasion de
me soumettre vos écritures (me soumettre vos écritures!
M. Hippolyte Patard leva les yeux au ciel), j'ai bien pensé
que vous vous en apercevriez tout de suite... et je me
suis dit qu'il valait mieux s'arranger avec vous de façon
à ce que personne n'en sache rien jamais... jamais!... Vous
ne répondez pas? Est-ce l'affaire du discours qui vous
gêne? *Eh bien, vous ne le ferez pas trop long et vous me
l'apprendrez par cœur...* Je ferai tout ce que vous vou-
drez... mais dites quelque chose. »

M. Hippolyte Patard n'en revenait pas...

Il en restait comme assommé. Il avait vu bien des
choses depuis quelques mois, mais ça c'était le plus fort
de tout. Un candidat à l'Académie qui ne savait pas lire!

Enfin, il se décida à manifester les sentiments contra-
dictoires qui l'agitaient.

« Mon Dieu, que c'est embêtant! Ah! que c'est embêtant! Voilà enfin un candidat et il ne sait pas lire! Il
fait l'affaire, il fait tout à fait l'affaire, mais il ne sait
pas lire!... Ah! mon Dieu, que c'est embêtant! embêtant!
embêtant! embêtant! »

Et il alla, furieux, à M. Lalouette.

« Comment se fait-il que vous ne sachiez pas lire?...
cela dépasse toute imagination! »

M. Gaspard Lalouette, gravement, répondit :

« Cela se fait que je n'ai jamais été à l'école... que
mon père me faisait travailler comme un ouvrier dans
son magasin, dès l'âge de six ans. Il jugea inutile de me

faire *apprendre une science* qu'il ne connaissait pas et
dont il n'avait pas besoin pour réussir dans ses affaires.
Il se borna à m'apprendre son métier qui était, comme le
mien, celui d'antiquaire. Je ne savais point ce que c'était
qu'une lettre, mais on ne m'aurait pas trompé à dix ans
sur la signature d'un tableau et, à sept, je savais distinguer
un point de Cluny d'un point d'Alençon!... C'est ainsi que,
bien que ne sachant pas lire, j'ai pu dicter des ouvrages
qui font l'admiration de Mgr le prince de Condé. »

Cette phrase finale était fort adroite, et elle impres-
sionna vivement M. le secrétaire perpétuel.

Il se leva, marcha rageusement de long en large... M. Lalouette, qui l'observait du coin de l'œil, l'entendait mâ-
chonner des mots, ou plutôt devinait qu'il mâchonnait des :
« Pas lire! Pas lire! Il ne sait pas lire! »

Enfin, rageusement, M. Hippolyte Patard revint à
M. Gaspard Lalouette.

« Pourquoi m'avez-vous dit cela?... Il ne fallait pas me
le dire!

— J'ai cru plus honnête et plus habile...

— Tatata!... Je m'en serais bien aperçu, mais *après*, et
ça n'avait plus la même importance!... Ecoutez!... Imaginez
que vous ne m'avez rien dit : voulez-vous?... Moi, je ne
sais rien! Je suis un peu dur d'oreille, je n'ai rien entendu!

— Mais c'est comme vous voulez!... Je ne vous ai rien
dit, monsieur le secrétaire perpétuel, et vous n'avez rien
entendu. »

M. Patard respira.

« C'est incroyable! fit-il, jamais on n'aurait pensé cela
de vous... à vous voir... à vous entendre... »

Nouveau soupir de M. le secrétaire perpétuel.

« Et ce qui est tout à fait inouï, c'est que vous parlez
comme un savant!... Je puis bien vous le dire, maintenant, monsieur Lalouette... nous n'étions pas fiers en pé-

nétrant dans votre boutique... mais vous nous avez conquis, littérairement conquis, *par votre érudition!*... Et voilà que vous ne savez pas lire!

— Je croyais, monsieur le secrétaire perpétuel, que vous n'en saviez plus rien!...

— Ah! oui, pardon!... Mais c'est plus fort que moi... je ne vais plus penser qu'à ça toute ma vie... un académicien qui ne sait pas lire!

— Encore! » fit M. Lalouette en souriant.

M. Patard sourit aussi, cette fois, mais son sourire était bien pitoyable.

« C'est tout de même raide!... » dit-il à mi-voix.

M. Lalouette émit timidement cette opinion qu'il faut s'habituer à tout dans la vie et il ajouta :

« Tout de même, s'il s'agit d'être un savant pour être académicien, j'ai prouvé à quelques-uns de ces messieurs que j'en savais plus long qu'eux.

— Mais oui! vous nous avez parlé des Grecs et des Romains, et de l'abajoue, et de l'abaque, et de Vitruve. Où avez-vous donc appris tout ce que vous nous avez raconté?

— Dans le dictionnaire Larousse, monsieur le secrétaire perpétuel!

— Dans le dictionnaire Larousse?

— Dans le dictionnaire Larousse illustré!

— Pourquoi : illustré? s'exclama ce pauvre M. Patard dont l'étonnement devenait de l'ahurissement.

— A cause des images qui, dans l'ignorance où je suis de la signification de ces petits signes bizarres appelés lettres, me sont d'un grand secours.

— Et qui est-ce qui vous fait apprendre par cœur le dictionnaire Larousse?

— Mais Mme Lalouette elle-même! C'est une résolution que nous avons prise tous deux, du jour où j'ai eu l'intention de poser ma candidature à l'Académie.

— A ce compte, vous auriez mieux fait, monsieur Lalouette, d'apprendre par cœur le dictionnaire de l'Académie.

— J'y ai bien pensé, acquiesça en riant M. Lalouette,
mais vous l'auriez reconnu. »

M. Hippolyte Patard fit :

« Ah! oui! »

Et il resta un instant rêveur.

Tant d'intelligence, de perspicacité et de courage, lui
donnèrent à penser. Il connaissait des gens à l'Académie
qui savaient lire et qui ne valaient certainement pas
M. Gaspard Lalouette.

Celui-ci l'interrompit dans ses réflexions.

« Je n'en suis encore qu'à la lettre A, dit-il, mais je
l'aurai bientôt terminée.

— Ah! ah! vous en êtes encore à A!

— C'est au signe A qu'appartiennent les mots abajoue
et abaque, monsieur le secrétaire perpétuel!... grâce aux-
quels j'ai eu l'honneur de vous conquérir...

— Oui! oui! oui! oui! oui! oui! oui! oui! »

M. Hippolyte Patard se leva; il ouvrit la porte qui donnait sur la rue, sa poitrine se souleva comme si elle voulait
emprisonner, une bonne fois, tout l'air respirable de la
capitale, puis il regarda la rue, les passants, les maisons,
le ciel, le Sacré-Cœur, qui portait tout là-haut sa croix
dans la nue, et par une liaison d'idées assez compréhen-
sible, il pensa à tous ceux qui portaient leurs croix sur la
terre, sans la montrer. La situation n'avait jamais été plus
terrible pour un secrétaire perpétuel. Héroïquement, il
prit sa résolution. Il se retourna vers l'homme qui ne savait
pas lire :

« A bientôt, mon cher collègue », dit-il.

Et il descendit sur le trottoir, ouvrant son parapluie, bien
qu'il ne plût point. Mais il n'en pouvait plus, il se cachait
comme il pouvait. Il s'en alla par les rues, cahin-caha.

XI

TERRIBLE APPARITION

La porte venait à peine de se refermer sur M. le secrétaire perpétuel que Mme Lalouette se précipitait vers son mari :

« Eh bien, Gaspard? implora-t-elle.

— Eh bien, ça y est. Il m'a dit : « A bientôt, mon cher « collègue. »

— Et... il sait tout?

— Il sait tout!

— Ça vaut mieux!... Comme ça, si un jour on apprend quelque chose... il n'y aura pas de surprise... Tu auras fait ton devoir... c'est lui qui n'aura pas fait le sien! »

Ils s'embrassèrent. Ils étaient radieux.

Mme Lalouette dit :

« Bonjour, monsieur l'Académicien!

— C'est bien pour toi... », fit Lalouette.

Et c'est vrai que c'était pour elle qu'il jouait cette étrange partie. Mme Lalouette qui avait épousé M. Lalouette parce qu'il avait écrit *des livres,* n'avait jamais pardonné à son mari de lui avoir caché qu'il ne savait pas lire. Quand l'aveu en fut fait, il y eut dans le ménage des scènes déchirantes. Après quoi, Mme Lalouette avait essayé d'apprendre à lire à M. Lalouette. Ce fut peine perdue. Il y avait là comme un sortilège. L'alphabet alla encore (les grosses lettres), mais jamais M. Lalouette ne put arriver aux syllabes b a ba, b i bi, b o bo, b u bu.

Il s'y était pris trop tard; elles ne lui entrèrent point dans la tête. C'était dommage, car M. Lalouette était un artiste et il aimait les belles choses. Mme Lalouette en fit une maladie. Elle ne consentit à guérir que du jour où M. Lalouette fut nommé *officier de l'Académie*. Alors, elle lui rendit un peu de son amour.

Mais, bien que les années se fussent écoulées et que M. Gaspard Lalouette affectât de s'intéresser par-dessus tout, par l'entremise de son épouse, aux belles-lettres, il y avait toujours « entre les deux conjoints » ce secret formidable qui empoisonnait leur existence : M. Lalouette ne savait pas lire!

Sur ces entrefaites était arrivée cette affaire de l'Académie. Par le plus grand des hasards, M. Lalouette avait assisté à la mort de Maxime d'Aulnay. M. Gaspard Lalouette n'était ni superstitieux ni sot. Il jugea naturelle la mort chez un homme qui avait une maladie de cœur et que le décès tragique de son prédécesseur devait hanter par-dessus tout. Il s'étonna de l'émotion générale et sourit de toutes les stupidités qui furent répandues à l'occasion de la vengeance d'un certain sorcier qui avait disparu. Et il fut bien étonné d'apprendre que ce double événement avait à ce point bouleversé les esprits qu'aucun nouveau postulant ne se présentait à la succession de Mgr d'Abbeville. Seul, Martin Latouche restait qui n'avait pas encore retiré sa candidature. M. Lalouette, un beau jour, s'était dit : « C'est tout de même rigolo! Mais s'ils n'en veulent pas, du fauteuil, il ne me fait pas peur, à moi!... c'est ça qui épaterait Eulalie! »

Eulalie était le petit nom de Mme Gaspard Lalouette. Mais il fut déçu quand il apprit que Martin Latouche acceptait le plus tranquillement du monde d'être élu au fauteuil fatal. Tout de même, il voulut assister à la séance de réception de Martin Latouche. On n'eût pu dire exac-

tement quelle était alors sa pensée. M. Lalouette avait-il,
tout au fond de lui-même, l'espoir (qu'il ne pouvait, en
honnête homme, s'avouer) que le destin, parfois si baro-
que, allait encore faire de ses coups?... On ne saurait,
sans être injuste, l'affirmer. Tant est que M. Lalouette
assista à la scène où la vieille Babette, échevelée, vint
annoncer la mort de son maître.

Tout fort, tout solide que l'on est, il y a des choses qui
impressionnent. M. Lalouette sortit de cette cohue, fort
impressionné.

C'est à ce moment qu'il commença de s'intéresser réellement à la singulière et mystérieuse figure d'Eliphas.
Qu'est-ce que c'était que ce bonhomme-là? Il interrogea
les gens compétents sur la sorcellerie. Il interviewa quelques membres influents du club des « Pneumatiques ».
Il vit M. Raymond de la Beyssière. Il connut le secret de
Toth. Et il demanda à visiter l'orgue de Barbarie. Il prit
ensuite le train pour La Varenne-Saint-Hilaire et s'il en
revint un peu effaré de l'étrange réception qui lui avait
été faite, il ne doutait plus en revanche de l'inanité de
toutes les formules égyptiaques.

Il n'avait encore rien dit à Mme Lalouette. Il jugea le
moment opportun de lui dévoiler ses projets. Eulalie en
fut « médusée ». Mais c'était une forte tête et elle l'approuva avec transport. Seulement, comme elle était la
prudence même, elle lui conseilla d'agir à coup sûr. Ce
M. Eliphas de Saint-Elme de Taillebourg de la Nox devait être quelque part. Il fallait le trouver ou tout au
moins avoir de ses nouvelles.

Quelques mois encore se passèrent dans ces recherches.
M. Lalouette devenait impatient. Ayant appris qu'Eliphas s'appelait encore Borigo de Careï, en raison de ce
qu'il était originaire de la vallée du Careï, il partit pour
la Provence et là, tout au bout d'une vallée profonde.

derrière un rideau d'oliviers qui abritaient une modeste maisonnette, il dénicha une bonne vieille qui n'était ni plus ni moins que la respectable mère de l'illustre mage. Celle-ci qui ignorait tout des batailles de la vie ne fit aucune difficulté pour lui apprendre que depuis des mois son fils, fatigué, lui dit-elle, de Paris et des Parisiens, après avoir passé quelques semaines tranquille près d'elle, était parti pour le Canada. Eliphas lui avait écrit. Elle montra des lettres. M. Lalouette compara les dates. Il n'y avait plus à douter. L'Eliphas s'intéressait maintenant autant au fauteuil de Mgr d'Abbeville qu'à sa première chemise.

M. Lalouette revint triomphant et il lança sa lettre de candidature.

Le seul point sombre de l'aventure était que M. Gaspard Lalouette, candidat à l'Académie française, ne savait point lire. Forts de la situation qui leur était faite par tous ceux qui savaient lire et qui ne se présentaient point, M. et Mme Lalouette avaient honnêtement résolu de s'en remettre à M. le secrétaire perpétuel. C'était agir en braves gens. Or, nous avons vu que M. le secrétaire perpétuel avait passé par-dessus ce léger détail.

La joie était donc immense dans le ménage. Ils s'embrassaient. La boutique, autour d'eux, rayonnait.

« Demain, dit Mme Lalouette, les yeux brillants de plaisir, ta candidature sera dans tous les journaux; ça va en faire un tapage! Monsieur Lalouette, vous êtes célèbre!...

— Grâce à qui, fifille? Grâce à toi qui es intelligente et brave! Une autre femme aurait eu peur! Toi, tu m'as soutenu, tu m'as encouragé; tu m'as dit : « Va, Gaspard!... »

— Et puis, nous sommes bien tranquilles, constata la prudente Mme Gaspard, depuis que nous savons que cette espèce d'Eliphas, que l'on charge à Paris de tous les crimes, est tranquillement à se promener au Canada.

— Madame Lalouette, je vous avoue qu'après la troisième mort, malgré tout ce qu'avait pu me dire cet original de grand Loustalot, j'avais besoin d'être rassuré du côté de l'Eliphas. Si j'avais su qu'il rôdait dans les environs, j'aurais réfléchi deux fois avant de lancer ma candidature. Un sorcier, c'est toujours un homme. Il peut assassiner comme tout le monde.

— Et même mieux que tout le monde, déclara, avec un bon sourire, aussi rassurant que sceptique, l'excellente Mme Lalouette... surtout s'il commande, comme on le dit, au passé, au présent et à l'avenir et aux quatre points cardinaux!...

— Et s'il possède le secret de Toth! surenchérit M. Lalouette, en éclatant de rire et en se frappant joyeusement les cuisses de la paume de ses mains... Mais faut-il, madame Lalouette, que les gens soient bêtes!...

— C'est tout bénéfice pour les autres, monsieur Lalouette.

— Moi, quand j'ai eu vu sa figure dans les « illustrés » et sa photographie aux devantures, je me suis dit tout de suite : Voilà une tête qui n'a jamais assassiné personne!

— C'est comme moi!... Sa tête est plutôt rassurante; elle est belle et noble et les yeux sont très doux...

— Avec un peu de malice, madame Lalouette... oui, il y a un peu de malice dans les yeux.

— Je ne dis pas non.

— Quand il apprendra qu'il a tué trois personnes, il rira bien!...

— Mais qui donc le lui apprendrait, madame Lalouette; il ne correspond qu'avec sa mère qui, seule, a son adresse, m'a-t-elle dit. Sa mère, dont l'existence est ignorée même de la police, ne sait rien de ce qui se passe à Paris et je n'ai eu garde de le lui apprendre. Enfin, Eliphas est retiré du monde, au fond, tout au fond du Canada. »

Mme Lalouette répéta, comme un écho :

« Au fond, tout au fond du Canada... »

Dans leur bonheur, ils s'étaient pris les mains qui étaient chaudes de la douce fièvre du succès... Tout à coup, comme ils répétaient en souriant tous les deux : « Au fond, tout au fond du Canada », leurs mains se crispèrent, et, de chaudes qu'elles étaient, devinrent glacées.

M. et Mme Gaspard Lalouette venaient d'apercevoir derrière leur vitrine, arrêtée sur le trottoir, et regardant dans leur boutique, une figure...

Cette figure était à la fois belle et noble et les yeux, très doux, en étaient spirituels. Un double cri d'horreur s'échappa de la gorge de M. et Mme Lalouette. Ils ne pouvaient se tromper. Ils reconnaissaient cette figure-là... cette figure qui les regardait, à travers les vitres... qui les fascinait... C'était Eliphas! Eliphas, lui-même... Eliphas de Saint-Elme de Taillebourg de la Nox!

L'homme, sur le trottoir, ne remuait pas plus qu'une statue. Il était élégamment vêtu d'un complet jaquette sombre; il avait une canne à la main; un pardessus beige replié flottait négligemment sur son bras. Un nœud de cravate, dit lavallière, agrémentait le plastron de sa chemise; un chapeau rond, de feutre mou, était posé sur ses cheveux blonds, qui bouclaient un peu, et jetait une ombre douce sur un profil digne des fils de Pallas Athênê.

M. et Mme Lalouette sentaient trembler leurs genoux. Ils ne se soutenaient plus. Tout à coup, l'homme bougea. Il s'en fut d'un pas paisible à la porte de la boutique et appuya sur le bec-de-cane.

La porte s'ouvrit; il entra.

Mme Lalouette tomba comme un paquet sur un fauteuil. Quant à M. Gaspard Lalouette, il se jeta carrément à genoux, et il cria :

« Grâce!... Grâce!.... »

C'est tout ce qu'il put dire, dans le moment

« M. Gaspard Lalouette, c'est bien ici? demanda l'homme sans paraître nullement étonné de l'effet que produisait son apparition.

— Non! non! ça n'est pas ici! » répondit spontanément M. Lalouette, toujours prosterné. Et il mit à son mensonge un tel accent de vérité qu'il s'y fût trompé lui-même, *tant il était sincère!*

L'homme eut un tranquille sourire et referma, toujours avec son calme suprême, la porte. Puis, il s'avança jusqu'au milieu du magasin.

« Allons! monsieur Lalouette! relevez-vous! fit-il, et remettez-vous!... et présentez-moi à Mme Lalouette. Que diable! Je ne vais pas vous manger! »

Mme Lalouette jeta à la dérobée sur le visiteur un rapide et désespéré regard. Elle eut une seconde l'espoir qu'une affreuse ressemblance les avait trompés, elle et son mari. Et, domptant sa terreur, elle parvint à dire, la voix chevrotante :

« Monsieur! Il faut nous excuser... Vous ressemblez... comme deux gouttes d'eau... à un de nos parents qui est mort l'an dernier... »

Et elle gémit, accablée de l'effort...

« J'ai oublié de me présenter, fit l'homme, de sa voix claire et bien posée. Je suis M. Eliphas de Saint-Elme de Taillebourg de la Nox.

— Ah! mon Dieu! s'écrièrent les deux Lalouette en fermant les yeux.

— J'ai appris que M. Lalouette se présentait au fauteuil de Mgr d'Abbeville... »

Le couple sursauta.

« Ça n'est pas vrai! pleurnicha M. Lalouette, qui est-ce qui vous a dit ça? »

Et, dans son âme épouvantée, il se disait : « C'est un véritable sorcier! Il sait tout! »

L'homme sans s'émouvoir de toutes ces dénégations continuait :

« J'ai tenu à l'en venir féliciter moi-même.

— C'était pas la peine de vous déranger! affirma M. Lalouette. On vous a menti! »

Mais Eliphas promena son regard souverain dans tous les coins de la pièce.

« En même temps, dit-il, je n'aurais pas été fâché de dire un petit mot à M. Hippolyte Patard... Où est-il, M. Hippolyte Patard? »

M. Gaspard Lalouette se releva livide : devant la situation nouvelle, il avait pris son parti... son parti de vivre puisqu'il n'était pas encore mort.

« Ne tremblez pas, Eulalie, mon épouse... Nous allons nous expliquer avec monsieur, dit-il en s'essuyant le front d'une main tremblante... M. Hippolyte Patard, connais pas!

— Alors, on m'a trompé à l'Académie?

— Oui, oui, on vous a trompé à l'Académie, déclara M. Lalouette d'une voix péremptoire. On vous a tout à fait trompé. « Il n'y a rien de fait! » Ah! ils auraient été bien contents que je me présente!... que je m'asseye dans leur fauteuil!... que je prononce leur discours!... et puis quoi encore?... Moi, ça ne me regarde pas! je suis un marchand de tableaux... moi!... je gagne honnêtement ma vie, moi!... Tel que vous me voyez, M. Eliphas, je n'ai jamais rien pris à personne...

— A personne! appuya Mme Lalouette...

— ... Et ce n'est pas aujourd'hui que je commencerai!... Ce fauteuil est à vous, M. Eliphas... vous seul en êtes digne... Gardez-le, je n'en veux pas!

— Mais moi non plus, je n'en veux pas! fit Eliphas de son air supérieurement négligent, et vous pouvez bien le prendre si ça vous fait plaisir!... »

M. et Mme Lalouette se regardèrent. Ils examinèrent

le visiteur. Il paraissait sincère. Il souriait. — Mais il se
moquait peut-être encore d'eux.

« Vous parlez sérieusement, monsieur? demanda
Mme Lalouette.

— Je parle toujours sérieusement », fit Eliphas.

M. Lalouette sursauta.

« Nous vous croyions au Canada, monsieur!... dit-il en
recouvrant un peu de sang-froid, madame votre mère...

— Vous connaissez ma mère, monsieur?

— Monsieur, avant de me présenter à l'Académie...

— Vous vous présentez donc?

— C'est-à-dire qu'ayant l'intention de me présenter,
je voulais être bien sûr que cela ne vous dérangerait pas.
Je vous ai cherché partout. Et, ainsi, j'ai eu l'honneur de
me trouver un jour en face de madame votre mère qui
m'a appris que vous étiez au Canada...

— C'est exact! J'en arrive...

— Ah!... vraiment... Et quand, monsieur Eliphas, êtes-
vous arrivé du Canada? demanda Mme Lalouette, qui
recommençait à prendre goût à la vie.

— Mais ce matin, madame Lalouette... ce matin même...
j'ai débarqué au Havre. Il faut vous dire que je vivais
là-bas comme un sauvage et que j'ai parfaitement ignoré
toutes les âneries qui se sont débitées en mon absence à
propos du fauteuil de Mgr d'Abbeville. »

Le couple reprenait des couleurs. Ensemble, M. et
Mme Lalouette dirent :

« Ah! oui...

— J'ai appris les tristes événements qui ont accompagné les dernières élections chez un ami qui m'avait offert
à déjeuner ce matin; j'ai su que l'on m'avait cherché partout... et j'ai résolu immédiatement de tranquilliser tout
le monde en allant voir cet excellent M. Hippolyte Patard.

— Oui! Oui!

— Je me suis donc rendu cet après-midi à l'Académie et, en prenant soin de rester dans l'ombre pour n'être pas reconnu, j'ai demandé au concierge si M. Patard était là. Le concierge m'a répondu qu'il venait de partir avec quelques-uns de ces messieurs... J'affirmai au concierge que la commission pressait... Il me répliqua que je trouverais certainement M. le secrétaire perpétuel chez M. Gaspard Lalouette, 32 *bis*, rue Laffitte, lequel venait de poser sa candidature à la succession de Mgr d'Abbeville et chez lequel ces messieurs s'étaient rendus en voiture pour le féliciter sans retard!... Mais il paraît que je me suis trompé, puisque vous ne connaissez pas M. Patard!... ajouta avec son fin sourire M. Eliphas de la Nox.

— Monsieur! Il sort d'ici!... déclara M. Lalouette; je ne veux pas vous tromper plus longtemps. Tout ce que vous nous dites est trop naturel pour que nous jouions au plus fin avec vous!... Eh bien, oui! j'ai posé ma candidature à ce fauteuil, persuadé qu'un homme comme vous ne saurait être un assassin et sûr que tous les autres étaient des imbéciles.

— Bravo! Lalouette! approuva Mme Gaspard. Je te retrouve. Tu parles comme un homme! Du reste, si monsieur regrette son fauteuil, il sera toujours temps de le lui rendre! Il n'a qu'à dire un mot et il est à lui!... »

M. Eliphas s'avança vers M. Lalouette et lui prit la main.

« Soyez académicien, monsieur Lalouette! Soyez-le en toute tranquillité! en toute sûreté!... quant à moi, je ne suis, soyez-en persuadé, qu'un pauvre homme comme tous les autres.... Je me suis cru un moment au-dessus de l'humanité, parce que j'avais beaucoup étudié... et beaucoup pénétré... La triste humiliation que j'ai subie, lors de mon échec à l'Académie, m'a ouvert les yeux. Et j'ai résolu de me châtier, de m'abaisser... je me suis condamné à la retraite... j'ai suivi en cela la règle de ces admirables religieux qui astreignent les plus intelligents d'entre eux aux plus rudes travaux manuels... Au fond des forêts du Canada, j'ai travaillé de mes mains comme le plus vulgaire des trappeurs... et je reviens aujourd'hui en Europe pour placer ma marchandise...

— Qu'est-ce que vous faites donc? demanda M. Lalouette qui était remué de la plus douce émotion de sa vie, car la parole de celui que l'on avait appelé l'*Homme de lumière* était des plus captivantes et coulait comme un miel dans les artères battantes de ceux qui avaient le bonheur de l'entendre.

— Oui, qu'est-ce que vous faites donc, mon cher monsieur? » implora Mme Gaspard qui roulait des yeux blancs.

L'*Homme de lumière* dit simplement' sans fausse honte.

« Je suis marchand de peaux de lapin!

— Marchand de peaux de lapin! s'exclama M. Lalouette.

— Marchand de peaux de lapin! soupira Mme Lalouette.

— Marchand de peaux de lapin! » répéta l'*Homme de lumière* en s'inclinant posément et prêt à prendre congé.

Mais M. Lalouette le retint.

« Où allez-vous donc comme ça, cher monsieur Eliphas? demanda-t-il. Vous n'allez pas nous quitter ainsi! Vous nous permettrez bien de vous offrir un petit quelque chose?...

— Merci, monsieur, je ne prends jamais rien entre les repas, répondit Eliphas.

— Cependant, nous n'allons point nous quitter comme cela », reprit Mme Lalouette.

Et elle roucoula :

« Après tout ce qui s'est passé, nous avons bien des choses à nous dire...

— Je ne suis point curieux, répondit bonnement Eliphas. J'en sais assez pour ce que j'ai à faire ici... Aussitôt

que j'aurai vu M. le secrétaire perpétuel, je prendrai le
train de Leipzig où je suis attendu pour mon commerce de
fourrures. »

Mme Lalouette alla à la porte et en défendit bravement
le passage.

« Pardon, monsieur Eliphas, dit-elle, la voix tremblante,
mais qu'est-ce que vous allez lui dire, à M. le secrétaire
perpétuel?...

— C'est vrai! s'écria Lalouette qui avait compris la
nouvelle émotion de sa femme, qu'est-ce que vous allez
lui dire, à M. Hippolyte Patard?

— Mon Dieu! Je vais lui dire que je n'ai assassiné personne! » déclara l'*Homme de lumière*.

M. Lalouette pâlit :

« C'est pas la peine, jura-t-il... Il ne l'a jamais cru! Et
c'est une démarche bien inutile, je vous assure!

— Mon devoir, en tout cas, est de le rassurer, comme je
vous ai rassurés vous-mêmes... et aussi de dissiper une fois
pour toutes les soupçons stupides qui pèsent sur ma personne... »

M. Gaspard Lalouette, la figure tout à fait décomposée,
regarda Mme Lalouette.

« Ah! fifille! gémit-il... c'était un trop beau rêve!... »
Et il se laissa aller dans ses bras et, sans fausse honte,
pleura sur son épaule.

Eliphas interrogea Mme Lalouette.

« M. Lalouette, dit-il, paraît avoir un grand chagrin...
et je ne comprends rien à ce qu'il veut dire...

— Cela veut dire, pleura à son tour Mme Lalouette,
que si l'on apprend avec certitude que vous êtes à Paris,
que vous revenez du Canada et que vous n'êtes pour rien
dans toute l'affaire des morts de l'Académie, jamais M. Lalouette ne sera académicien!

— Et pourquoi cela?

— Eh! On ne lui accorde ce fauteuil, sanglota-t-elle, c'est terrible à dire, que parce que personne n'en veut!... Attendez donc, mon cher monsieur Eliphas, pour faire connaître la vérité vraie, qui est votre innocence dont pas un homme sensé ne doute, vous entendez bien! Attendez donc que mon mari soit élu!....

— Madame! fit Eliphas... calmez-vous! L'Académie ne sera pas assez injuste pour repousser votre mari qui, seul, est venu bravement à elle, dans les mauvais jours...

— Je vous dis qu'elle n'en voudra pas!

— Mais si!

— Mais non!...

— Mais si!...

— Gaspard!... J'ai confiance dans M. Eliphas. Dis donc à M. Eliphas pourquoi l'Académie ne voudra jamais de toi, si elle a le moyen d'en élire un autre... C'est un secret, monsieur Eliphas! un affreux secret qu'il a fallu confier à M. le secrétaire perpétuel... Mais cela restera à jamais entre nous!.. Allons! parle, Gaspard! »

M. Gaspard Lalouette s'arracha au giron de Mme Lalouette et, se penchant à l'oreille de M. Eliphas, tandis que de la main il masquait sa bouche, il murmura quelque chose si bas, si bas... que seule l'oreille de M. Eliphas pouvait l'entendre.

Alors, M. Eliphas de Saint-Elme de Taillebourg de la Nox se mit à rire franchement, lui qui ne riait jamais.

« C'est trop drôle! fit-il... Non, mes amis, je ne dirai rien! Soyez tranquilles. »

Sur quoi il serra solennellement la main de M. et de Mme Lalouette, déclara qu'il était heureux d'avoir fait la connaissance d'aussi braves gens, jura qu'il n'aurait pas de plus grande joie dans sa vie que celle de voir M. Lalouette académicien, et, noblement, reprit le chemin de la rue où il disparut bientôt d'un pas paisible et harmonieux.

XII

IL FAUT ÊTRE POLI AVEC TOUT LE MONDE
SURTOUT A L'ACADÉMIE FRANÇAISE

Madame Gaspard Lalouette n'avait point exagéré en pré-
disant à M. Lalouette que le lendemain il serait célèbre.

Il n'y eut jamais, pendant deux mois, homme plus célèbre que lui. Sa maison ne désemplit point de journalistes et son image fut reproduite dans les magazines du
monde entier. Il faut dire que M. Lalouette accueillit tous
ces hommages comme s'ils lui étaient dus. Le courage
qu'il semblait montrer en la circonstance le dispensait de
toute modestie. Nous disons bien « qu'il semblait montrer »
car, en fait, maintenant, M. et Mme Lalouette étaient tout
à fait tranquillisés en ce qui concernait la vengeance du
sâr. Et la visite de celui-ci, après les avoir tout d'abord
comblés d'épouvante, les avait finalement laissés pleins de
sécurité et de confiance dans l'avenir.

Cet avenir ne tarda point à se réaliser. M. Jules-Louis-
Gaspard Lalouette fut élu par l'illustre Assemblée à l'unanimité, aucun concurrent n'étant venu lui disputer la
palme du martyre.

Pendant les quelques semaines qui suivirent, il ne se
passa guère de jours sans que l'arrière-boutique du marchand de tableaux ne reçût la visite de M. Hippolyte
Patard. Il venait vers le soir, pour, autant que possible,

n'être point reconnu, entrait par la petite porte basse de la cour, traversait hâtivement l'arrière-boutique et s'enfermait avec M. Lalouette dans un petit cabinet où ils ne risquaient point d'être dérangés. Là, ils préparaient le discours. Et M. Lalouette ne s'était point vanté en disant qu'il avait une bonne mémoire. Elle était excellente. Il saurait son discours par cœur, sans faute. Mme Lalouette s'y employait elle-même et faisait réciter à son mari le chef-d'œuvre oratoire, jusque dans l'alcôve conjugale, au coucher et au réveil. Elle lui avait appris également à disposer ses feuillets comme s'il les lisait et à les ranger, au fur et à mesure, les uns derrière les autres. Enfin, elle avait marqué le haut des feuillets d'un petit signe rouge, pour que M. Lalouette ne tînt point devant lui — et devant tout le monde — son discours, la tête en bas.

La veille du fameux jour qui tenait le Tout-Paris en fièvre arriva. Les journaux avaient des délégations rue Laffitte en permanence. Après la triple expérience précédente, il ne faisait point de doute pour beaucoup que M. Gaspard Lalouette était voué à une mort prochaine. On voulait avoir des nouvelles du grand homme toutes les cinq minutes et, à défaut de M. Lalouette qui, fatigué, paraît-il, se reposait et avait résolu de ne recevoir personne de la journée, Mme Lalouette devait répondre à toutes les questions. La pauvre femme était, comme on dit, « sur les dents » et radieuse. Car, en réalité, M. Lalouette se portait « comme un charme ».

« Comme un charme! Monsieur le rédacteur... dites-le bien dans vos journaux... il se porte comme un charme! »

M. Lalouette avait, ce jour-là, prudemment fui sa demeure, car sa gloire le dérangeait dans le moment qu'il avait le plus besoin d'être seul pour répéter, plusieurs dernières fois, son discours. Dès l'aube, il s'était rendu fort habilement sans être reconnu, chez un petit-cousin de sa femme qui tenait un débit, place de la Bastille. Le téléphone qui était au premier étage avait été consigné par cet aimable parent et seul M. Lalouette en avait la disposition, ce qui lui permettait de réciter à Mme Lalouette, malgré la distance qui les séparait, les passages les plus difficiles du fameux discours dont l'auteur, entre nous, était M. Hippolyte Patard.

Celui-ci vint, comme il était convenu, rejoindre M. Lalouette, vers les six heures du soir, à son petit débit de la place de la Bastille. Tout semblait aller pour le mieux, quand, dans la conversation qui eut lieu entre les deux collègues, se produisit le petit incident suivant :

« Mon cher ami, disait M. Hippolyte Patard, vous pouvez vous réjouir. Jamais il n'y aura eu, sous la coupole, une séance solennelle d'un aussi rayonnant éclat! Tous les académiciens seront là! Vous entendez : tous!... tous veulent marquer, par leur présence, la particulière estime dans laquelle ils vous tiennent. Il n'y a pas jusqu'au grand Loustalot lui-même qui n'ait annoncé qu'il assisterait à la séance, bien qu'on le voie rarement à ces sortes de cérémonies, car le grand homme est fort occupé et il ne s'est dérangé ni pour Mortimar, ni pour d'Aulnay, ni même pour Martin Latouche, dont la réception avait pourtant suscité la plus extrême curiosité.

— Ah! oui! fit M. Lalouette, qui parut aussitôt assez embarrassé, M. Loustalot sera là!...

— Il a pris la peine de me l'écrire.

— C'est très gentil, cela...

— Qu'est-ce que vous avez, mon cher Lalouette? Vous semblez ennuyé...

— Eh bien, oui, c'est vrai!... reconnut M. Lalouette... Oh! ce n'est sans doute pas bien grave... mais je ne me suis pas bien conduit avec le grand Loustalot...

— Comment cela?...

— Dans le temps, je suis allé, bien avant de poser ma candidature.... je suis allé chez lui pour demander ce qu'il fallait croire des secrets de Toth et de toutes les balançoires ayant rapport à la mort de Martin Latouche. Très catégoriquement, il s'est moqué de moi et l'opinion de ce grand savant, bien qu'elle eût été exprimée en des termes d'une vulgarité qui me choqua, fut pour beaucoup dans ma résolution de me présenter à l'Académie.

— Eh bien, mais! je ne vois pas là de quoi vous mettre martel en tête...

— Attendez, mon cher secrétaire perpétuel, attendez!... quand j'ai eu posé définitivement ma candidature, j'ai fait mes visites officielles, n'est-ce pas?

— Bien entendu! C'est d'un usage auquel on ne saurait manquer sans faire preuve de la plus grande impolitesse... d'autant plus que l'Académie elle-même n'avait pas hésité à se déranger la première, j'ose à peine vous le rappeler, mon cher M. Lalouette...

— Oui, eh bien!... cette grande impolitesse, je m'en suis rendu coupable vis-à-vis de l'homme qui avait en quelque sorte le plus de droit à ma reconnaissance... Je n'ai point fait de visite au grand Loustalot!... »

M. Hippolyte Patard bondit.

« Comment! Vous n'avez point fait de visite au grand Loustalot?...

— Ma foi non!...

— Mais, monsieur Lalouette, vous avez contrevenu à toutes nos règles!...

— Je le sais bien!

— Cela m'étonne d'un homme comme vous!... Vous avez insulté l'Académie!...

— Oh!... Monsieur le secrétaire perpétuel... telle n'était point mon intention...

— Et pourquoi donc, monsieur Lalouette, n'avez-vous point fait *sa* visite au grand Loustalot?

— Je vais vous dire, monsieur le secrétaire perpétuel... C'est à cause d'Ajax et d'Achille qui sont deux gros chiens qui me font peur et aussi du géant Tobie dont la vue n'est point rassurante... »

M. Hippolyte Patard poussa un « ah! » d'ineffable stupéfaction.

« Vous!... un homme si brave!...

— C'est que, reprit le malheureux, qui baissait assez piteusement la tête, c'est que si je ne m'épouvante point facilement des chimères... je redoute assez la réalité. J'ai vu les crocs, qui sont solides, et aussi j'ai entendu les cris...

— Quels cris?

— D'abord les cris des chiens qui hurlaient à la mort... et puis, à plusieurs reprises, comme un grand cri déchirant humain!...

— Un grand cri déchirant humain?...

— Le savant m'a dit que ce devait être là le cri de quelque maraudeur qui se battait sur le bord de la Marne... Ma foi, il criait comme si on l'assassinait... Le pays est désert... La maison est isolée... Tant est que je n'y suis point retourné... »

M. Hippolyte Patard, pendant ces derniers mots, s'était assis à une table et consultait un indicateur.

« Allons! dit-il.

— Où ça?

— Mais chez le grand Loustalot!... Nous avons un train dans cinq minutes... Comme ça, il n'y aura que demi-mal, puisque vous n'êtes officiellement reçu que demain!...

— Bah! fit Lalouette, ça n'est point de refus!... Avec vous, ça va!... Vous les connaissez, les chiens?

— Oui, oui... et le géant Tobie aussi.

— Bravo!... Et nous dînerons au petit restaurant de La Varenne, à côté de la gare, en attendant le train qui nous ramènera.

— A moins que Loustalot nous invite, fit M. Patard... chose très possible, s'il y pense!... »

Ils s'apprêtèrent à descendre et à courir à la gare de Vincennes qui est toute proche.

A ce moment, la sonnerie du téléphone retentit à côté d'eux.

« Ce doit être Mme Lalouette, fit le nouvel académicien. Je vais lui annoncer que nous allons dîner à la campagne. »

Et il s'en fut à l'appareil d'où il détacha le récepteur. Il écouta.

L'appareil était tout au fond de la pièce sous une petite ampoule électrique. Etait-ce cette électricité qui produisait un jour défavorable, ou ce qu'il entendait qui l'émouvait à ce point, mais M. Lalouette était vert. M. Patard, inquiet, demanda :

« Qu'est-ce qu'il y a?... »

M. Lalouette se pencha sur l'appareil :

— Ne t'en va pas, Eulalie. Il faut que tu répètes cela à M. le secrétaire perpétuel.

— Qu'est-ce que c'est? demanda celui-ci, fébrile.

— C'est une lettre de M. Eliphas de la Nox! » répondit Lalouette de plus en plus vert.

M. Patard, lui, devint jaune et, après avoir poussé un cri de stupéfaction, mit hâtivement l'un des récepteurs à son oreille. Les deux hommes écoutaient.

Ils écoutaient la voix de Mme Lalouette qui leur transmettait le texte d'une lettre qui venait d'arriver pour M. Lalouette.

« Mon cher monsieur Lalouette. Je suis heureux de
« votre succès et je suis bien certain qu'avec un homme
« comme vous, il n'est pas à craindre que quelque fâcheuse

« émotion vienne interrompre le fil de votre discours.
« Comme vous le voyez par le timbre de cette lettre, je suis
« toujours à Leipzig mais, depuis que je vous ai vu, j'ai
« eu la curiosité de me documenter sur cette étrange affaire
« de l'Académie. Et maintenant que j'ai réfléchi, j'en suis
« à me demander *s'il est vraiment aussi naturel que cela*
« *que trois académiciens meurent de suite avant de s'asseoir*
« *dans le fauteuil de Mgr d'Abbeville!* Il y avait peut-être
« quelque part un intérêt réel à ce qu'ils disparussent!...
« Et voilà ce que je me suis dit : ça n'est pas, après tout,
« une raison parce que je ne suis pas un assassin, pour
« qu'il n'y ait plus d'assassins sur la terre! En tout cas, ces
« réflexions ne sauraient vous arrêter. Même s'il y a eu
« des raisons à la disparition de MM. Mortimar, d'Aulnay
« et Latouche, il se peut très bien qu'il n'y en ait aucune
« pour faire disparaître M. Gaspard Lalouette. Compli-
« ments et mes meilleurs souvenirs à Mme Lalouette.

« ELIPHAS DE SAINT-ELME DE TAILLEBOURG DE LA NOX »

XIII

DANS LE TRAIN

Dans le train qui les conduisait à La Varenne-Saint-Hilaire, M. Hippolyte Patard et M. Gaspard Lalouette réfléchissaient.

Et leurs réflexions devaient être assez maussades, car ils ne mettaient aucun empressement à se les communiquer.

La lettre d'Eliphas était pleine d'un terrible bon sens! *Ça n'est pas une raison parce que je ne suis pas un assassin pour qu'il n'y ait plus d'assassins sur la terre!*

Cette phrase leur était entrée dans la tête, comme une vrille à tous les deux. Evidemment, celui qu'elle faisait souffrir le plus était M. Lalouette, mais M. Patard était bien malade, il avait naturellement demandé des explications à M. Lalouette qui lui avait narré, par le menu, la visite de l'inoffensif Eliphas. Il n'y avait plus, du reste, aucun inconvénient à cette confidence, puisque M. Lalouette était bien définitivement élu. Mais, s'il ne l'avait pas été — élu —, je crois bien qu'après cette lettre d'Eliphas, M. Lalouette eût tout raconté tout de même, car, en vérité, il en était maintenant à se demander s'il avait lieu de se réjouir autant que cela de son élection.

Quant à M. Hippolyte Patard, le dépit qu'il avait conçu dans l'instant, d'avoir été soigneusement écarté par le pru-

dent Lalouette d'un incident aussi considérable que celui
de la réapparition d'Eliphas n'avait pas duré sous le coup
des idées particulièrement lugubres soulevées par la tranquille hypothèse d'Eliphas de la Nox lui-même : « Si ce
n'est moi, c'est peut-être un autre!... »

« Est-ce aussi naturel que cela que trois académiciens
meurent de suite, avant de s'asseoir dans le fauteuil de
Mgr d'Abbeville! »

Encore une phrase qui lui dansait devant les yeux...

Mais c'était surtout la dernière qui tracassait ce pauvre
M. Lalouette.

« S'il y a eu des raisons à la disparition de MM. Mortimar, d'Aulnay et Latouche, *il se peut* très bien qu'il n'y
en ait aucune pour faire disparaître M. Gaspard Lalouette... »

Il se peut!!!... M. Lalouette ne pouvait avaler ce :
« *Il se peut!!!* »

Il regarda M. Patard... La mine de M. le secrétaire
perpétuel était de moins en moins rassurante...

« Ecoutez, Lalouette, fit-il tout à coup, la lettre de
cet Eliphas m'ouvre des horizons plutôt sombres... mais
en toute conscience, j'estime qu'il n'y a pas lieu de vous
alarmer...

— Ah! répondit Lalouette, la voix légèrement altérée,
mais vous n'en êtes pas sûr?...

— Oh! maintenant, depuis la mort de Martin Latouche,
je ne suis plus sûr de quoi que ce soit au monde... J'ai
eu trop de remords avec l'autre... Je ne voudrais pas
en avoir avec vous!....

— Hein?... s'exclama sourdement Lalouette en se dressant de toute sa hauteur devant M. Patard. Est-ce que
vous me croyez déjà mort!... »

Un cahot rejeta le marchand de tableaux sur la ban-
quette où il s'affala avec un gémissement.

« Non, je ne vous crois pas mort, mon ami... dit doucement M. Patard consolateur, en posant sa main sur celle
du récipiendaire, mais cela ne m'empêche pas de penser
que les décès des *trois autres* n'ont peut-être pas été si
naturels que cela...

— *Les trois autres!*... frissonna Lalouette.

— Cet Eliphas parle bien... Ce qu'il dit fait réfléchir...
et vient assez singulièrement réveiller dans mon esprit
des souvenirs d'enquête personnelle... Mais dites-moi, monsieur Lalouette, vous ne connaissiez ni M. Mortimar, ni
M. d'Aulnay, ni M. Latouche?

— Je ne leur ai jamais parlé de la vie...

— Tant mieux!... soupira M. le secrétaire perpétuel.
Vous me le jurez? insista-t-il.

— Je vous le jure sur la tête d'Eulalie, mon épouse.

— C'est bien! fit M. Patard... Rien donc ne saurait vous
lier à leur sort:...

— Vous me rassurez un peu, monsieur le secrétaire
perpétuel... Mais vous pensez donc que quelque chose
les liait au sort les uns des autres?...

— Oui, je le pense maintenant... depuis la lettre
d'Eliphas... ma parole!... La pensée de ce sorcier nous
avait tous hypnotisés, et, à cause de toute son impossible
sorcellerie, on n'a point cherché ailleurs le secret naturel, et criminel peut-être, de cette épouvantable énigme...
*Il y avait peut-être quelque part un intérêt réel à ce qu'ils
disparussent!*... répéta M. Patard avec une exaltation tout
à fait comme se parlant à lui-même : C'est bien cela?...
c'est bien cela?...

— Quoi! C'est bien cela!... Que voulez-vous dire?...
Qu'avez-vous? Vous me rassuriez tout à l'heure et vous
m'épouvantez à nouveau!... Savez-vous quelque chose?... »
implora Lalouette qui faisait pitié à voir.

Les deux hommes s'étreignaient les mains.

« Je ne sais rien, si l'on veut! gronda M. Patard... Mais je sais quelque chose, si je réfléchis!... *Ces trois hommes ne se connaissaient pas,* vous entendez bien, monsieur Lalouette, *avant la première élection* pour la succession de Mgr d'Abbeville... Ils ne s'étaient jamais vus!... Jamais!... J'en ai acquis la certitude, bien que M. Latouche m'ait menti en me disant qu'ils étaient tous trois d'anciens camarades... Eh bien! aussitôt après l'élection, ils se réunissent... ils se voient en cachette... tantôt chez l'un, tantôt chez l'autre... On a dit que c'était pour parler du sorcier... et pour déjouer ses menaces, et on l'a cru et je l'ai cru moi-même... Quelle niaiserie!... Ils devaient avoir autre chose à se raconter!... Ils devaient tous avoir à redouter quelque chose... car ils se cachaient bien! Et on ne les entendait pas!...

— Vous êtes sûr de cela?... fit Lalouette qui ne respirait plus...

— Quand je vous le dis!... oh! j'ai pris mes renseignements... Savez-vous où ils se sont rencontrés pour la première fois?...

— Ma foi non!...

— Devinez!

— Comment voulez-vous?...

— Eh bien, ici!... oui!... ici!... parfaitement... dans ce train... par le plus grand hasard... ils se sont rencontrés, allant faire visite, avant l'élection, à M. Loustalot!... Ils sont revenus ensemble, bien entendu, — et, depuis, il a dû leur arriver quelque chose de terrible, avant leur mystérieuse mort, puisqu'ils se sont donné des rendez-vous aussi secrets... Voilà ce que je pense, moi...

— C'est peut-être vrai... il leur sera arrivé quelque chose qu'on ne sait pas... mais à moi, monsieur le secrétaire perpétuel, à moi, il ne m'est rien arrivé, à moi...

— Non! non! A vous, il ne vous est rien arrivé... voilà

pourquoi je pense qu'en ce qui vous concerne, vous pouvez être tranquille, mon cher monsieur Lalouette!... oui... ma foi... à peu près tranquille... je vous dis « à peu près » ... entendez bien... parce que maintenant... je ne veux plus prendre aucune responsabilité... aucune. »

A ce moment le train stoppa. Sur le quai un employé cria : « La Varenne-Saint-Hilaire! » M. Patard et M. Lalouette sursautèrent. Ah! bien! ils étaient loin de La Varenne, et ils ne pensaient même plus à ce qu'ils étaient venus y faire... Cependant ils descendirent, et M. Lalouette dit à M. Patard :

« Monsieur Patard, vous auriez dû me raconter ce que vous venez de me dire là, lors de votre première visite à mon magasin... »

XIV

UN GRAND CRI DÉCHIRANT HUMAIN

Ils ne trouvèrent point de voiture à la gare et il leur fallut prendre le chemin de Chennevières à la nuit tombante.

Sur le pont de Chennevières avant de descendre sur la rive de la Marne, chemin qui conduisait, par le plus court, à la demeure isolée de M. Loustalot, M. Lalouette arrêta son compagnon.

« Enfin, mon cher monsieur Patard, demanda-t-il sourdement, vous ne croyez point, vous, qu'*ils* vont m'assassiner?...

— Qui *ils*? s'exclama M. le secrétaire perpétuel, qui paraissait fort énervé.

— Mais, est-ce que je sais, moi?... Ceux qui ont assassiné les autres!...

— Qu'est-ce qui vous dit que les autres ont été assassinés, d'abord? fit-il, sur un ton, cette fois, de chien hargneux.

— Mais vous!...

— Moi! je n'ai rien dit, entendez-vous! parce que je ne sais rien!...

— C'est que je vais vous avouer une chose, monsieur le

secrétaire perpétuel : je veux bien moi, être de l'Académie...

— Vous en êtes!...

— C'est vrai! » soupira M. Lalouette.

Ils descendirent sur la berge... M. Lalouette était poursuivi par une idée fixe.

« Mais je voudrais tout de même bien ne pas être assassiné », fit-il.

M. Hippolyte Patard haussa les épaules. Cet homme qui ne savait pas lire, mais qui savait parfaitement qu'en se présentant à l'Académie il n'avait rien à craindre de tout ce que tous les autres qui ne se présentaient pas redoutaient, cet homme qu'il avait pris pour un héros et qui n'avait été qu'un malin, commençait à lui être moins sympathique. Il résolut de le rappeler assez rudement au respect de lui-même :

« Mon cher monsieur, il y a des situations dans la vie qui valent bien que l'on risque quelque chose!... »

« Et allez donc! Ça, c'est envoyé! » pensa M. Hippolyte Patard. C'est qu'en vérité il trouvait les plaintes de ce M. Lalouette tout à fait nauséabondes. La situation avait beau apparaître difficile, mystérieuse, et, à tout prendre, menaçante, M. Hippolyte Patard pensa qu'elle était encore bien belle pour M. Lalouette qu'elle faisait académicien.

M. Lalouette avait baissé le nez; quand il le releva ce fut pour laisser tomber dans la fraîcheur du soir, cette phrase qui était, en toute sincérité, immonde...

« Est-ce bien nécessaire, dit-il, que je le prononce, ce discours?... »

Ils étaient alors sur le bord de la Marne. Les voiles de la nuit enveloppaient déjà les deux voyageurs. M. le secrétaire perpétuel regarda l'eau sournoise et profonde et la silhouette affalée de M. Lalouette. Il eut envie de le noyer, tout simplement. Pan! Un coup d'épaule!...

Seulement, au lieu de précipiter cette chair flasque au sein des eaux, M. le secrétaire perpétuel alla prendre amicalement le bras de M. le *récipiendaire*...

Et cela, parce que d'abord M. Hippolyte Patard était le moins criminel des hommes et qu'ensuite il venait de penser soudainement à ce que coûterait à l'illustre Compagnie *une quatrième mort!*...

Il en frémit. Ah! à quoi pensait-il donc? A inquiéter cet excellent M. Lalouette! Il se traita de fou! Il pressa le bras de M. Lalouette! Il jura à cet honnête homme, du fond du cœur, une reconnaissance éternelle... Il essaya de réchauffer chez lui une ardeur académicienne qu'il se reprochait assurément d'avoir laissé s'éteindre. Il lui décrivit son triomphe du lendemain, il lui montra la foule enivrée et ravie, enfin, il fit fondre, comme on dit, le cœur de M. Lalouette en lui représentant, aux premières loges, Mme Lalouette vers qui allaient tous les hommages, comme à l'épouse glorieuse et rayonnante de l'Homme du jour!...

Finalement, ils s'embrassèrent en se congratulant, en se réconfortant, en se traitant d'enfants qui s'étaient laissé assombrir par des idées noires. Et ils riaient tout haut, comme des braves, quand ils constatèrent qu'ils étaient arrivés à la grille du grand Loustalot.

« Attention aux chiens! » fit M. Lalouette.

Mais les chiens ne se faisaient pas entendre...

Chose curieuse, la grille était ouverte.

M. Hippolyte Patard n'en sonna pas moins pour avertir de la présence d'étrangers.

« Où sont donc Ajax et Achille? dit-il... Et Tobie?... Il ne vient pas. »

De fait, personne ne se dérangeait.

« Entrons! fit M. le secrétaire perpétuel.

— J'ai peur des chiens! recommença M. Lalouette.

— Eh! je vous dis que je les connais depuis longtemps! répéta M. Patard. Ils ne nous feront aucun mal.

— Alors, marchez devant », commanda bravement M. Lalouette.

Ainsi ils parvinrent jusqu'au perron. Le plus profond silence régnait dans le jardin, dans la cour et dans la maison.

La porte de la maison était également entrouverte. Ils la poussèrent. Un bec de gaz à demi ouvert éclairait le vestibule.

« Il y a quelqu'un? » s'écria M. Patard, de sa voix de tête.

Mais aucune voix ne lui répondit.

Ils attendirent encore dans un extraordinaire silence. Toutes les portes qui donnaient sur le vestibule étaient fermées.

Et, tout à coup, comme M. Patard et M. Lalouette restaient là, fort embarrassés, le chapeau à la main, les murs de la maison résonnèrent d'une clameur affreuse. La nuit retentit désespérément d'un grand cri déchirant humain...

XV

LA CAGE

La mèche de M. le secrétaire perpétuel s'était dressée toute droite sur son crâne. M. Lalouette s'appuyait au mur, dans un grand état de faiblesse.

« Voilà le cri! gémit-il, le grand cri déchirant humain... »

M. Patard eut encore la force d'émettre une opinion :

« C'est le cri de quelqu'un à qui il est arrivé un accident... Il faudrait voir... »

Mais il ne bougeait pas.

« Non! Non! C'est le même cri... je le connais... c'est un cri, fit à voix basse M. Lalouette, un cri qu'il y a comme ça... tout le temps... dans la maison... »

M. Hippolyte Patard haussa les épaules.

« Ecoutez, dit-il.

— Ça recommence... », grelotta M. Lalouette.

On entendait maintenant comme une sorte de grondement douloureux, de gémissement lointain et ininterrompu.

« Je vous dis qu'il est arrivé un accident... cela vient d'en bas... du laboratoire... C'est peut-être Loustalot qui se trouve mal... »

Et M. Patard fit quelques pas dans le vestibule. Nous

avons dit que dans ce vestibule se trouvait l'escalier conduisant aux étages supérieurs, mais, sous cet escalier-là,
il y en avait un autre qui descendait au laboratoire.

M. Patard se pencha au-dessus des degrés. Le gémissement arrivait là presque distinctement, mêlé de paroles
incompréhensibles mais qui semblaient devoir exprimer
une grande douleur.

« Je vous dis qu'il est arrivé un accident à Loustalot. »

Et bravement M. Hippolyte Patard descendit l'escalier.
M. Lalouette suivit. Il dit tout haut :

« Après tout, nous sommes deux! »

Plus ils descendaient, plus ils entendaient gémir et
pleurer. Enfin, comme ils arrivaient dans le laboratoire,
ils n'entendirent plus rien.

Le laboratoire était vide.

Ils regardèrent partout autour d'eux.

Un ordre parfait régnait dans cette pièce. Tout était
à sa place. Les cornues, les alambics, les fourneaux de
terre dans la grande cheminée qui servait aux expériences,
les instruments de physique sur les tables, tout cela était
propre et net et méthodiquement rangé. Ce n'était point
là, de toute évidence, le laboratoire d'un homme qui est
en plein travail. M. Patard en fut étonné.

Mais ce qui l'étonnait le plus était, comme je l'ai dit,
de ne plus rien entendre... et de ne rien voir qui l'eût mis
sur la trace de cette grande douleur qui leur avait
« retourné les sangs » à tous les deux, M. Lalouette
et lui.

« C'est bizarre! fit M. Lalouette, il n'y a personne.

— Non, personne!... »

Et tout à coup, le grand cri les secoua à nouveau, leur
déchirant le cœur et les entrailles.

Cela les avait comme soulevés de terre : cela venait
même de sous la terre.

« On crie dans la terre! » murmura M. Lalouette.

Mais M. Patard lui montrait déjà du doigt une trappe ouverte dans le plancher.

« Ça vient d'ici... », fit-il.

Il y courut...

« C'est quelqu'un qui sera tombé par cette trappe et qui se sera brisé les jambes... »

M. Patard cherchait. M. Lalouette ouvrait de grands sements à nouveau s'étaient tus.

« C'est incroyable! dit M. le secrétaire perpétuel... Il y a là une pièce que je ne connaissais pas... comme un second laboratoire sous le premier... »

Et il descendit encore des marches, en examinant toutes choses prudemment, autour de lui.

Le laboratoire du dessous, comme celui du dessus, était éclairé par des papillons de gaz. M. Patard descendait avec précaution. M. Lalouette, qui regrettait décidément sa visite au grand Loustalot, arrivait.

Dans ce laboratoire souterrain, il y avait la même disposition que dans la pièce de dessus, pour toutes choses. Seulement toutes ces choses étaient dans un grand désordre, et en plein service, en cours d'expérience...

M. Patard cherchait. M. Lalouette ouvrait de grands yeux...

Ils n'apercevaient toujours personne...

Soudain, comme ils s'étaient retournés vers un coin de muraille, ils reculèrent en poussant un cri d'horreur.

Ce coin de muraille était ouvert et *garni de barreaux.* Et derrière ces barreaux, comme une bête fauve enfermée dans sa cage, un homme... oui, un homme aux grands yeux ardents les fixait en silence...

Comme ils ne disaient rien et qu'ils restaient là comme des statues, l'homme, derrière ses barreaux, dit :

« *Etes-vous venus pour me délivrer?... En ce cas dépêchez-vous... car je les entends qui reviennent... et ils vous
tueraient comme des mouches...* »

Ni Patard ni Lalouette ne remuaient encore. Com-
prenaient-ils?

L'homme encore hurla :

« Etes-vous sourds?... Je vous dis qu'ils vous tueraient
comme des mouches!... s'ils savent jamais que vous m'avez
vu!... comme des mouches!... sauvez-vous!... sauvez-
vous!... Les voilà!... je les entends!... Le géant fait craquer
la terre!... Ah! malheur!... ils vont vous faire manger par
les chiens!... »

Et on entendit en effet des aboiements furieux, tout
là-haut, sur la terre. Les deux visiteurs avaient compris
cette fois!...

Ils tournèrent autour d'eux-mêmes comme s'ils étaient
ivres... cherchant une issue. Et l'autre dans sa cage répétait
en secouant les barreaux comme s'il voulait les arra-
cher :

« Par les chiens!... S'ils savent que vous avez surpris le
secret!... le secret du grand Loustalot... Ah! Ah! Ah!...
comme des mouches... par les chiens!... »

Patard et Lalouette, incapables d'en entendre davantage, affolés d'épouvante, s'étaient rués sur l'escalier qui
conduisait à la trappe...

« Pas par là!... hurla l'homme, derrière les barreaux...
Vous ne les entendez donc pas qui descendent!... Ah! Les
voilà!... les voilà!... avec les chiens!... »

Ajax et Achille avaient dû maintenant pénétrer dans la
maison... car celle-ci retentissait de leurs coups de gueule
formidables comme un enfer plein de l'aboiement des
démons...

Patard et Lalouette étaient retombés au bas de l'escalier, hurlant leur effroi, comme des insensés et criant

« Par où?... par où?... par où?... » tandis que l'autre les couvrait d'injures, en leur ordonnant de se taire...

« Vous allez encore vous faire pincer *comme les autres!*... Et il vous tuera comme des mouches!... Taisez-vous donc... écoutez!... Ah! si les chiens s'en mêlent, le compte est bon!... Voulez-vous vous taire!... »

Patard et Lalouette, croyant déjà voir apparaître les crocs terribles d'Ajax et d'Achille en haut de l'escalier de la trappe, s'étaient rués à l'autre extrémité de cette cave, contre les barreaux mêmes de la cage où l'homme était enfermé; et c'étaient eux maintenant qui suppliaient le malheureux de les sauver. Ils l'imploraient avec des mots sans suite, avec des râles... Ah! ils enviaient l'homme dans sa cage...

Mais celui-ci leur avait pris à tous deux ce qui leur restait de cheveux, à travers les barreaux, et leur secouait la tête affreusement pour les faire taire :

« Taisez-vous!... Nous nous sauverons tous les trois!... Ecoutez donc!... Les chiens! *La brute les emporte!*... Ils les font taire!... Le géant fait craquer la terre, mais il ne se doute de rien! la brute!... Ah! quel idiot!... Vous avez de la chance... »

Et il les lâcha :

« Tenez! vite!... vite!... dans le tiroir de la table là-bas, une clef... »

Lalouette et Patard tiraient le tiroir en même temps et le fouillaient fébrilement de leurs mains tremblantes.

« Une clef, continua l'autre... qui ouvre le passage... les chiens sont enchaînés... il faut en profiter...

— Mais la clef!... la clef?... réclamaient les deux malheureux qui fouillaient en vain dans le tiroir...

— Eh bien, mais la clef de l'escalier qui monte dans la cour!... Vite... cherchez!... Il la met là tous les jours... après m'avoir donné à manger...

— Mais il n'y a pas de clef!...

— Alors, c'est que le géant l'a gardée, la brute!... Silence!... Mais ne remuez donc plus! Ah! Les voilà! les voilà!... ils descendent... Maintenant le géant fait craquer l'escalier!... »

Lalouette et Patard tournaient... tournaient encore... prêts à se jeter sous les meubles, à se cacher dans les armoires...

« Ah! ne perdez donc pas la tête comme ça! souffla le prisonnier... ou nous sommes fichus!... Tenez, dans le recoin de la cheminée, là... oui, là, bien sûr... de chaque côté!... bougez pas!... ou je ne réponds plus de rien!... Tout à l'heure il ira dîner... Mais s'il vous voit... il vous tuera comme des mouches... mes pauvres chers messieurs... comme des mouches! »

XVI

PAR LES OREILLES

Agonisants, MM. Patard et Lalouette s'étaient dissi-
mulés chacun dans un coin de la grande cheminée du
laboratoire souterrain. Là, ils étaient dans une nuit profonde. Ils ne voyaient rien. Tout ce qui leur restait de
vie s'était réfugié dans les oreilles. En vérité, ils ne vi-
vaient plus que par les oreilles.

Ce fut d'abord le géant Tobie qui, en descendant l'escalier du laboratoire souterrain, fit entendre quelques
grognements funestes.

« Vous avez encore laissé la trappe ouverte, maître,
dit-il, vous verrez que cela vous portera malheur... à la
fin!... »

On entendit les pas monstrueux de Tobie qui se rap-
prochaient de la cage, c'est-à-dire des barreaux derrière
lesquels ils avaient découvert l'homme enfermé.

« *Dédé* a dû en profiter pour crier comme un sourd...
T'as crié, Dédé?

— Certainement qu'il a crié... répondit la voix de
fausset de M. Loustalot... je l'ai entendu, moi, quand
j'étais au gros chêne et que je mettais les mains sur Ajax!...
Mais il n'y a personne, à cette heure, dans les environs.

— On ne sait jamais... gronda le géant... vous pouvez

recevoir des visites *comme l'autre fois*... Il faut toujours
fermer la trappe... avec elle on est tranquille... elle est
rembourrée de crin... on n'entend rien...

— Si tu n'avais pas laissé la grille du jardin ouverte,
vieux fou, et laissé échapper les chiens... Tu sais bien qu'ils
ne rentrent qu'à ma voix... Je n'ai pas pensé à la trappe
derrière moi...

— Tu as crié, *Dédé?* » interrogea le géant.

Mais il n'obtint pas de réponse... L'homme, derrière
ses barreaux, ne bougeait pas plus qu'un mort.

Le géant reprit :

« Les chiens étaient terribles, ce soir. Ah! j'ai eu du
mal à les enchaîner! Quand ils sont revenus, j'ai cru
qu'ils allaient manger la maison... *Ils étaient comme le
soir où nous avons trouvé ici les trois messieurs en visite
devant la cage à Dédé*... C'était un soir comme celui-là,
maître, où les chiens s'étaient échappés et où il a fallu
« leur courir après » ...

— Ne me parle jamais de ce soir-là, Tobie, fit la voix
chevrotante de Loustalot.

— C'est ce soir-là, continua le géant, que j'ai bien cru
que ça nous porterait malheur!... car Dédé avait crié!...
avait bavardé... N'est-ce pas, Dédé, que tu avais bavardé? »

Pas de réponse...

« Mais c'est à eux, reprit le géant de sa voix grasse et
lente, c'est à eux que ça a porté malheur... *Ils sont morts*...

— Oui, ils sont morts...

— Tous les trois...

— Tous les trois... répéta comme un écho sinistre la
voix cassée du grand Loustalot.

— Ça, ricana lugubrement le géant... *ça a été comme un
fait exprès.* »

Loustalot ne lui répondit pas, mais quelque chose
comme un soupir, un soupir de terreur et d'angoisse passa

sur la tête des deux hommes qui devaient, au bruit qu'ils
faisaient avec les instruments, être occupés à quelque ex·
périence.

« Tu as entendu? demanda Loustalot.

— C'est toi, Dédé? fit le géant.

— Oui, c'est moi, répondit la voix de l'homme aux
barreaux.

— Tu es malade? demanda Loustalot... Regarde donc,
Tobie, ce qu'il a. Dédé est peut-être malade? Il a crié
tout à l'heure à se casser la poitrine... Il a peut-être faim?
As-tu faim, Dédé?

— *Tenez*, fit la voix de l'homme dans la cage, voilà la
« *formule* »! *Elle est complète. Vous pouvez me donner à
manger maintenant... j'ai bien gagné mon souper!*

— Va lui chercher sa « formule », ordonna Loustalot, et
donne-lui sa soupe...

— Regardez d'abord si la formule est bonne, répliqua
Dédé... Vous m'avez habitué à ne pas voler mon pain... »

Il y eut les pas du géant et puis le bruit d'un morceau
de papier froissé que le prisonnier devait passer à Tobie
à travers les barreaux...

Et un silence pendant lequel certainement le grand Loustalot devait examiner « la formule ».

« Oh! ça!... ça c'est épatant! s'exclama-t-il dans un
véritable transport... c'est tout à fait épatant, Dédé!...
Mais tu ne m'avais pas dit que tu travaillais à ça!...

— Je ne travaille qu'à ça depuis huit jours... nuit et
jour... vous entendez?... nuit et jour... mais ce coup-ci,
ça y est!...

— Oh! ça y est!... »

Il y eut un grand soupir de Loustalot.

« Quel génie!... fit-il...

— Il a encore trouvé quelque chose? demanda Tobie.

— Oui, oui... il a encore trouvé quelque chose... et ce

qu'il a trouvé, il l'a enfermé dans une bien belle formule!... »

Loustalot et Tobie se parlèrent alors à voix basse.

Si l'on avait encore eu la force d'écouter dans la *cheminée,* on n'aurait pu certainement rien entendre de ce qu'ils se disaient là...

Loustalot reprit tout haut :

« Mais c'est de la véritable alchimie, ça, mon garçon!... Ce que tu viens de trouver là, c'est quelque chose comme la transmutation des métaux!... Tu es sûr de l'expérience, Dédé?

— Je l'ai répétée trois fois avec du chlorure de potassium. Ah! on ne dira plus que la matière est inaltérable!... c'est tout à fait autre chose!... Un véritable potassium nouveau que j'ai obtenu!... un potassium ionisé, sans parenté aucune avec le premier.

— Et de même pour le chlore? interrogea Loustalot.

— De même pour le chlore...

— Bigre!... »

Loustalot et le géant se reparlèrent à voix basse, puis Loustalot encore :

« Qu'est-ce que tu veux pour ta peine, *Dédé?*

— Je voudrais bien des confitures et un bon verre de vin.

— Oui, ce soir, tu peux lui donner un bon verre de vin, obtempéra le grand Loustalot, ça ne peut pas lui faire de mal. »

Mais tout à coup, la paix relative de cette cave profonde fut effroyablement troublée par Dédé. Il y eut comme une tempête souterraine, un déchaînement de fureurs, des cris, des lamentations, des malédictions!... M. Lalouette de son côté, M. Patard du sien, n'eurent que le temps d'arrêter sur les bords de leurs lèvres sèches la clameur suprême de leur épouvante... On sentait que l'homme s'était rué comme un animal féroce derrière les barreaux de sa cage.

« Assassins! hurlait-il... Assassins!... misérables bandits, voleur de Loustalot!... Geôlier immonde, garde-chiourme de mon génie!... monstre à qui je donne la gloire et qui me paie d'un morceau de pain!... Tes crimes seront punis, tu entends, misérable!... Dieu te châtiera!... Ton forfait sera connu de l'univers!... Il faudra bien qu'ils viennent, les hommes qui me délivreront!... *Tu ne les tueras pas tous!*... Et je te traînerai comme une charogne infâme avec une pique de boucher, bandit!... Par la peau du cou...

— Assez! fais-le taire, Tobie! » râla Loustalot.

On entendit un bruit de grille de fer qui tourna sur ses gonds.

« Je ne me tairai pas!... Par la peau du cou! Par la peau du cou!... Non! non! Pas cela!... Au secours! au secours!... Oui, je me tais... je me tais!.. Par la peau du cou, aux gémonies!... je me tais!... »

Et le bruit de la grille de fer recommença sur ses gonds... Et il n'y eut plus bientôt, dans la cave profonde, qu'un gémissement qui allait s'apaisant, de plus en plus, comme quelqu'un qui s'endort après une grande colère ou qui meurt...

XVII

QUELQUES INVENTIONS DE « DÉDÉ »

Après ce gémissement il y eut encore quelque remue-ménage dans le laboratoire de la cave du fond et puis peu à peu tout bruit s'éteignit.

Dans leur coin de cheminée, M. Hippolyte Patard et M. Lalouette ne donnaient point signe de vie. Ils étaient collés au mur comme s'ils ne devaient plus s'en détacher jamais.

Cependant la voix de l'homme, derrière les barreaux de la cage, résonna :

« Vous pouvez venir... ils sont partis. »

Ce fut encore le silence. Et puis la voix de l'homme reprit :

« Etes-vous morts? »

Enfin, dans la pénombre du laboratoire-tombeau, qui n'était plus éclairé maintenant que par un lumignon qui brillait derrière les barreaux de la cage, chez le prisonnier, dans cette pénombre, disons-nous, apparurent timidement, au bord de la vaste cheminée, deux silhouettes...

Les têtes d'abord se montrèrent prudemment, puis les corps... et tout redevint immobile.

« Oh! vous pouvez avancer, dit la voix de Dédé... ils ne reviendront plus de la nuit... et la trappe est fermée. »

Alors les deux silhouettes remuèrent à nouveau... mais avec des précautions extrêmes. Elles s'arrêtaient à chaque pas. Elles glissaient fort précautionneusement... Elles étaient debout sur la pointe des pieds, les mains étendues... et, quand elles se heurtaient à un meuble et que ce meuble répondait à ce choc par quelque sonorité, les silhouettes restaient comme suspendues.

Enfin elles arrivèrent à la lumière barrée de la grille derrière laquelle Dédé, debout, les attendait.

Et elles s'affalèrent exténuées, au pied des barreaux. Une voix qui était celle de M. Hippolyte Patard dit :

« *Ah! mon pauvre monsieur!* »

Et la voix de M. Lalouette se fit entendre à son tour :

« Nous avons cru qu'ils vous assassinaient.

— Vous êtes restés dans la cheminée tout de même? » fit l'homme.

C'était vrai. Ils ne pouvaient le nier. Ils expliquèrent, en des propos confus, que leurs jambes leur avaient refusé tout service, qu'ils n'avaient point l'habitude de pareilles émotions, qu'ils étaient académiciens et nullement préparés à d'aussi horribles tragédies.

« Des académiciens! fit l'homme. Un jour, il en est descendu trois ici... trois candidats qui faisaient leur visite et que le bandit a surpris... Je ne les ai jamais revus... Depuis, j'ai appris, en écoutant le bandit et le géant, qu'ils étaient tous morts... Il a dû les tuer comme des mouches! »

Toute cette conversation était prononcée à voix très basse, étouffée, les lèvres de tous trois collées aux barreaux.

« Monsieur! implora Gaspard Lalouette, est-ce qu'il y a un moyen de sortir sans que le bandit nous surprenne?

— Bien sûr! fit l'homme... par l'escalier qui donne directement dans la cour... »

M. Hippolyte Patard dit :

« La clef qui ouvre cet escalier et dont vous nous avez parlé, n'est point dans le tiroir. »

L'homme dit :

« Je l'ai dans ma poche! Je l'ai prise dans la poche du géant... *Je me suis fait taire* pour qu'il vienne dans ma cage.

— Ah! mon « pauvre monsieur », reprit Patard.

— Oui! oui! Je suis à plaindre, allez! Ils ont des façons terribles de me faire taire.

— Alors, vous croyez qu'on peut s'en aller, soupira M. Gaspard Lalouette, qui s'étonnait que l'autre ne leur eût pas encore passé la clef.

— Reviendrez-vous me chercher? demanda l'homme.

— Nous vous le jurons, dit solennellement M. Lalouette.

— Les autres aussi l'ont juré, et ils ne sont pas revenus. »

M. Hippolyte Patard intervint pour l'honneur de l'Académie :

« Ils seraient revenus s'ils n'étaient pas morts.

— Ça, c'est vrai... Il les a tués comme des mouches!... Mais vous, il ne vous tuera pas, parce qu'il ne sait pas que vous êtes venus... Mais il ne faut pas qu'il vous voie...

— Non! non! gémit Lalouette. Il ne faut pas qu'il nous voie...

— Il faut être malin! » recommanda l'homme en dressant devant les deux visiteurs une petite clef noire.

Et il donna la clef à M. Hippolyte Patard en lui disant qu'elle ouvrait une porte qui se trouvait derrière la dynamo que l'on apercevait dans un coin. Cette porte ouvrait sur un escalier qui montait à une petite cour, derrière la maison. Là, ils trouveraient une autre porte qui donnait sur la campagne et dont ils n'auraient qu'à tirer

les verrous intérieurs. La clef de cette autre porte restait
toujours sur la serrure.

« J'ai remarqué tout cela, fit l'homme, quand le géant
me promène.

— Vous sortez donc quelquefois de votre cage? demanda M. Patard qui frissonnait en face d'un pareil
malheur, oubliant presque le sien.

— Oui, mais toujours enchaîné; une heure par jour à
l'air libre, quand il ne pleut pas.

— Ah! mon pauvre monsieur! »

Quant à M. Lalouette, il ne pensait qu'à s'en aller. Il
était déjà à la porte de l'escalier. Mais il lui sembla entendre tout là-haut des grondements, et il recula.

« Les chiens! gémit-il.

— Mais oui, les chiens!... répéta l'homme, hostile...
Est-il embêtant, ce gros-là... Vous ne sortirez d'ici que
quand je vous le dirai, à la fin! Il faut bien compter une
heure avant que Tobie leur porte à manger... Alors, vous
pourrez passer... ils ne prendront pas le temps d'aboyer...
Quand ils mangent, ils ne connaissent plus rien, ni personne... entendez-vous... quand ils mangent! »

L'homme ajouta : « Quelle vie!... Quelle existence!...

— Une heure encore, soupira Lalouette, qui décidément
maudissait le jour où il avait eu l'idée de se faire académicien.

— Moi, je suis bien ici depuis des années!... » répliqua
l'homme.

Cela sortit de la gorge sur un tel ton farouche que les
deux académiciens, l'ancien et le nouveau, eurent honte
de leur lâcheté! M. Lalouette lui-même assura :

« Nous vous sauverons! »

Sur quoi le prisonnier se mit à pleurer comme un enfant.

Quel spectacle!

Patard et Lalouette le virent seulement alors dans toute sa misère. Ses vêtements étaient déchirés, mais ils n'étaient point cependant malpropres. Ces déchirures, ces lambeaux évoquaient plutôt l'idée d'une lutte récente, et les deux visiteurs songèrent que le prisonnier, tout à l'heure, *s'était fait taire* par le géant.

Mais quel était donc le sort prodigieux de ce misérable dans sa cage? Les propos entendus tout à l'heure conduisaient à l'imagination d'un si abominable crime que M. Patard, qui croyait connaître depuis longtemps le grand Loustalot, ne pouvait pas, ne voulait pas s'y arrêter! Et cependant, comment expliquer, autrement que par le crime lui-même, la présence de l'homme derrière les barreaux... de l'homme qui passait au grand Loustalot des formules chimiques pour ne pas mourir de faim?

M. Lalouette, lui, avait compris tout net l'affreuse chose. Il n'hésitait plus. Il était certain maintenant que le grand Loustalot avait enfermé un génie dans une cage et que c'était ce génie-là qui avait fourni à l'illustre savant toutes les inventions qui avaient répandu sa gloire sur le monde. Avec son esprit précis il se représentait la chose avec des contours définitifs. Il voyait, d'un côté de la grille, le grand Loustalot avec un morceau de pain, et, de l'autre, le génie prisonnier avec ses inventions. Et l'échange se faisait à travers les barreaux.

Le grand Loustalot devait, comme on pense, bien tenir à conserver pour lui tout seul un secret aussi formidable. Il devait y tenir certainement plus qu'à la vie de trois académiciens... On l'avait bien vu, hélas!... et il semblait assez logique qu'il dût y tenir encore assez pour lui sacrifier deux victimes de plus. Quand on est entré dans la voie du crime, on ne sait jamais quand on s'arrêtera.

Et c'est bien à cause de la grande netteté avec laquelle il se représentait tout le drame, que M. Lalouette avait une si grande hâte de quitter ces lieux dangereux et qu'il ne se consolait point de prolonger de pareilles transes, une heure encore.

Cependant, M. Hippolyte Patard, dont le cerveau horrifié luttait pour repousser des conclusions que M. Lalouette avait acceptées sans plus tarder, M. Patard occupait le loisir forcé qui lui était fait à tâcher à débrouiller la vraie situation du prisonnier.

Les paroles mystérieuses prononcées par Martin Latouche et répétées par Babette lui revenaient à la mémoire épouvantée : « Ce n'est pas possible, avait dit Latouche, *ce serait le plus grand crime de la terre!* » Oui, oui, le plus grand crime de la terre! Hélas! M. Patard ne devait-il pas lui aussi se rendre à la hideuse vérité!

Le prisonnier, derrière ses barreaux, avait laissé tomber sa tête dans ses deux mains, et il paraissait accablé sous le poids d'une douleur surhumaine. Au-dessus de lui, le lumignon, accroché assez haut pour qu'il n'y pût atteindre, éclairait les choses d'une façon fantastique et donnait aux objets épars dans le cachot une forme telle, *derrière les barreaux,* qu'on eût pu se croire en face du laboratoire du diable, tout à fait effrayant, avec les ombres agrandies des cornues et des alambics, et les monstrueuses panses de ses fourneaux éteints. L'homme gisait comme une loque au milieu de toute cette alchimie.

M. Patard l'appela à plusieurs reprises, sans qu'il eût l'air de l'entendre. Tout là-haut les chiens grondaient toujours et M. Lalouette n'avait garde d'ouvrir la porte par laquelle il rêvait cependant de filer comme une flèche.

C'est alors que la loque — l'homme aux lambeaux — remua un peu et que son ombre aux yeux hagards fit entendre des paroles terribles.

« La preuve que le secret de Toth existe, *c'est qu'ils sont morts!* Voyez-vous! Voyez-vous! Voyez-vous! Il était

descendu un jour si furieux que la maison en tremblait.
Et moi aussi, je tremblais. Car je me disais : Ça y est! Oh!
ça y est! *Il va falloir que j'invente encore quelque chose!*
Chaque fois qu'il me demande quelque chose de très difficile, il m'épouvante... Alors, il m'a, comme un petit enfant qui a peur qu'on ne lui donne pas sa tartine... Quelle
misère, n'est-ce pas!... Mais c'est un bandit! »

Il y eut des râles sauvages dans la gorge de l'homme.
Et puis :

« Ah! il m'a bien tenaillé, avec son secret de Toth!
Moi je n'en avais jamais entendu parler. Il m'a dit qu'un
saltimbanque prétendait qu'on pouvait tuer, avec ce se-
cret-là, par le nez, les yeux, la bouche et les oreilles... Et
il me disait qu'à côté de ce saltimbanque qu'il appelait
Eliphas, je n'étais qu'un âne... Il m'a humilié devant
Tobie!... C'en était indécent!... et j'ai bien souffert!... Ah!
quelle quinzaine!... quelle quinzaine nous avons passée!...
je me la rappellerai longtemps... et il ne m'a laissé
tranquille que quand je lui eus livré *les parfums tragiques... les rayons assassins... et la chanson qui tue!* Il a
su s'en servir, à ce que je vois. »

L'homme ricana affreusement.

Puis il s'étala de tout son long par terre, étendant les
bras et les jambes avec lassitude.

« Ah! que je suis fatigué! soupira-t-il... Mais il me faut
des détails. *Je voudrais bien savoir si on a vu briller le
soleil de sacristie?* »

M. Hippolyte Patard sursauta. Il se rappela cette défi-
nition étrange et remarquable qu'un docteur avait faite
des stigmates retrouvés sur le visage de Maxime d'Aulnay.
Et il dit dans un souffle :

« Oui, oui, c'est bien cela!... le soleil de sacristie!

— Il y était, n'est-ce pas!... Il avait éclaté sur le visage... C'était forcé!... ça, mon cher monsieur! c'est la

mort par la lumière! Ça ne peut pas faire autrement! ça
fait comme une explosion!... ou plutôt comme si le visage
avait explosé!... Mais l'autre... qu'est-ce qu'il avait?... parce
que, vous comprenez, mon cher monsieur, il me faut des
détails... Oh! je me doutais bien, allez, que le bandit
aurait encore fait des siennes, puisque je l'ai entendu
raconter à Tobie *qu'ils étaient morts tous les trois.* Mais
les détails, ça me manque, dans ma situation. Tantôt
entre eux, devant moi, ils parlent... et tantôt ils se taisent...
Ah! c'est un impitoyable bandit! Mais l'autre... qu'est-ce
qu'il avait? Quels stigmates? Qu'est-ce qu'on a trouvé?

— Mais je crois qu'on n'a rien trouvé, répondit Patard.

— Ah! on n'aura rien trouvé avec *le parfum plus tragique*... ça ne laisse pas de traces... c'est enfantin!... ça se
met dans une lettre... on l'ouvre, on la lit et on le respire!... Bonsoir!... plus personne!... mais on ne tue pas
tout le monde comme ça!... on finirait par se méfier, bien
sûr... Oui, oui, on finirait par se méfier... Il a dû tuer le
troisième avec... »

Ici, le grondement des chiens sembla tellement se rap-
procher, que la conversation en fut suspendue. On n'entendait plus dans la cave que la respiration haletante des
trois hommes... puis la voix des molosses s'éloigna ou
plutôt diminua d'intensité.

« On ne leur donnera donc pas à manger, ce soir? »
murmura Dédé.

Patard, dont le cœur battait à se rompre, depuis l'atroce
révélation, put encore dire :

« Il y en a un, je crois, qui a eu une hémorragie... car
on lui a trouvé un peu de sang au bout du nez!

— Parbleu!... Parbleu! Parbleu! grinça Dédé... — et
ses dents faisaient, l'une contre l'autre, un bruit insupportable. — Parbleu! Celui-là est mort *par le son!*... Il y a
eu fatalement... Oh! c'est bien cela!... une hémorragie

interne de l'oreille et il y a eu un écoulement sanguin
par la trompe d'Eustache, écoulement qui a gagné l'ar-
rière-gorge et puis le nez!... Nous y sommes! nous y
sommes, ma parole! »

Et l'homme, tout à coup, se redressant avec une agi-
lité de singe, fut debout. On eût dit qu'il sautait aux
barreaux et qu'il s'y accrochait, tel un quadrumane. Patard recula brusquement, redoutant que l'autre ne lui
saisît encore ce qui lui restait de cheveux.

« Oh! n'ayez pas peur!... n'ayez pas peur! »

L'homme se laissa retomber sur ses pattes et marcha
dans son cachot-laboratoire à grandes enjambées.

Il redressait la taille, il redressait la tête... Quand il
passait sous le lumignon, on apercevait son vaste front.

« Voyez-vous, mon cher monsieur!... Tout cela est bien
terrible, mais tout de même, on peut être fier de son
invention!... Ça, c'est réussi!... Ce n'est point de la mort
pour rire que j'ai mise là-dedans... non, non! C'est de
la vraie mort que j'ai enfermée dans la lumière et dans le
son!... Ça m'a donné beaucoup de mal!... mais vous savez,
quand on a l'idée, le reste n'est plus rien à faire!... Il
s'agit d'avoir l'idée et ce ne sont point les idées qui me
manquent!... Demandez-le au grand, à l'illustre Loustalot... Ah! la réalisation d'une idée comme celle-là, avec
moi, ça ne traîne pas!... C'est vraiment magnifique! »

L'homme arrêta sa marche, leva l'index et dit :

« Vous savez qu'il existe dans le spectre des rayons
ultraviolets? Ces rayons, qui sont des rayons chimiques,
agissent vigoureusement sur la rétine... On a signalé des
accidents très graves avec ces rayons!... oh! très graves!...
Maintenant, écoutez-moi bien... Vous connaissez peut-
être ces sortes de lampes-longs-tubes, à lueur blafarde,
verdâtre, et dans lesquelles le mercure volatilisé... Ah
çà! m'écoutez-vous? ou ne m'écoutez-vous pas? » s'écria

l'homme si haut et si fort que Lalouette, épouvanté, se
laissa tomber à genoux, suppliant l'étrange professeur de
se taire, et que M. Patard gémit :

« Oh! plus bas!... au nom du Ciel, plus bas! »

Mais cette humiliation d'élève ne désarma point le
maître qui, tout à sa conférence et à l'orgueil de prôner
les mérites de son invention devant cet exceptionnel
auditoire, continua d'une voix forte, nette, dominatrice :

« ... Ces lampes dans lesquelles le mercure volatilisé
produit une lumière vraiment diabolique... Tenez, je crois
bien que j'en ai là... »

L'homme chercha, remua des choses... et ne trouva
pas.

En haut, les chiens ne se taisaient toujours point. Ils
avaient *senti* les visiteurs, et c'est ce qui les faisait si
insupportables.

« Ils ne se tairont, bien sûr, *qu'avec de la viande dans
la gueule* », pensait M. Lalouette, et cette pensée qui
ne le quittait décidément pas, malgré l'éloquence du professeur, ne le ranimait nullement et le laissait à genoux,
comme si, avant le trépas, il n'avait plus que la force de
demander pardon au Seigneur de la stupide vanité qui
l'avait poussé à briguer un honneur qui est généralement
réservé à des gens qui savent au moins lire. L'homme
continuait son dangereux cours, redressant plus haut encore le front d'orgueil et scandant ses phrases de grands
gestes tranchants.

« Eh bien, mon idée, à moi, la voilà! la voilà! Au lieu
de me servir d'un verre pour enveloppe, *j'ai pris un tube
de quartz,* ce qui m'a donné une production folle de
rayons ultraviolets! Et alors! et alors, je l'ai enfermé, ce
tube qui contenait du mercure, dans une petite lanterne
sourde, possédant une petite bobine mue par un petit ac-
cumulateur!... Et alors, et alors! La force mortelle de ces

rayons sur l'œil est incomparable... Un rayon, un seul, de
ma lanterne sourde que je fais agir comme je veux, grâce
à un diaphragme qui me permet d'intercepter la lumière
à volonté, — un rayon, un seul, suffit. La rétine reçoit un
coup terrible qui amène la mort instantanément par trau-
matisme! mais il fallait le trouver... Il fallait songer à la
possibilité de cette mort par *inhibition*, c'est-à-dire par
le brusque arrêt du cœur, telle cette mort également par
inhibition, — phénomène, messieurs, découvert par moi
d'abord, par Brown-Séquard ensuite, telle cette mort,
dis-je, par inhibition qui survient, par exemple, à la
suite d'un coup porté par le revers de la main sur le
larynx!... Voilà! Voilà! Ah! j'étais fier, bien fier, de ma
petite lanterne sourde!... Mais il me l'a prise et je ne l'ai
plus jamais revue... non, jamais! Ah! C'est une terrible
petite lanterne qui tue les gens comme des mouches!...
Aussi vrai que je suis le professeur *Dédé*. »

Les deux auditeurs du professeur *Dédé* recommandèrent
in petto leur âme à Dieu, car, décidément, avec les chiens
et la petite lanterne sourde, c'était bien le diable si maintenant ils en réchappaient. Mais le professeur Dédé n'avait
encore rien dit de la deuxième invention qui, paraît-il,
lui avait donné plus de joie que toutes celles qui l'avaient
précédée. Il n'avait encore rien dit de ce qu'il appelait
son cher petit perce-oreille... Cette lacune fut comblée en
quelques phrases et l'épouvante fut accomplie... La hideuse horreur de la mort prochaine et sûre sembla glacer
pour toujours M. le secrétaire perpétuel et le nouvel académicien.

« Tout cela! Tout cela! proclama donc le professeur
Dédé, « c'est de la crotte de bique » à côté de mon cher
petit perce-oreille. C'est une petite boîte qui n'est pas
plus haute que ça!... Elle peut se fourrer partout!... dans
un accordéon, si on est malin et que l'on sache s'y pren-

dre... dans un orgue de Barbarie... dans tout ce qui chante... *dans tout ce qui fait une fausse note.* »

Le professeur Dédé leva l'index encore.

« Qu'y a-t-il, monsieur, de plus désagréable pour une oreille tant soit peu musicienne, qu'une fausse note? Je vous le demande, mais ne me répondez pas! Il n'y a rien! rien! rien! Avec mon cher petit perce-oreille, grâce au plus heureux dispositif électrique permettant des ondes nouvelles, beaucoup plus rapides et plus pénétrantes — oui, monsieur, ma parole! — que les ondes hertziennes — avec, dis-je, mon cher petit perce-oreille, je vrille la fausse note dans les méninges, je fais subir au cerveau qui s'attend normalement à une note normale un choc tel que l'auditeur tombe mort, frappé comme *d'un coup de couteau ondulatoire,* si j'ose dire, au moment même où l'onde armée de la fausse note pénètre furtive et rapide dans le limaçon. Ah! vrai! qu'est-ce que vous dites de ça!... Hein?... Vous ne dites rien de ça!... Non! rien du tout!... moi non plus! Il n'y a rien à dire... Tout cela tue les gens comme des mouches!... Ah! c'est au fond bien ennuyeux... car je resterai ici toute ma vie n'ayant vu passer que des gens qui seraient venus me délivrer, *s'ils n'étaient pas morts...* Mais, à leur place, je sais bien ce que je ferais dans une aussi grave circonstance...

— Quoi?... Quoi?... râlèrent les deux malheureux.

— Je porterais des lunettes bleues et je me mettrais du coton dans les oreilles.

— Oui! oui! oui! des lunettes bleues et du coton!... répétèrent les deux hommes, et ils tendaient les mains comme des mendiants.

— Je n'en ai pas sur moi!... » fit gravement le professeur *Dédé*... et tout à coup il s'écria :

« Attention! Attention! Ecoutez! des pas!... C'est peut-être lui, la petite terrible lanterne sourde d'une main,

et le cher petit perce-oreille de l'autre... Ah! Ah!... Pas
un sou!... je ne donnerais pas un sou de votre existence
terrestre à tous les deux, ma parole!... Non!... Non!... C'est
encore un coup raté!... une délivrance ratée!... Vous ferez
comme les autres!... *Vous ne reviendrez jamais!... jamais!...* »

En effet, des pas descendaient... On marchait maintenant juste au-dessus de leurs têtes. Les pas allaient vers
la trappe...

Patard et Lalouette s'étaient relevés, avaient fui vers
la porte du petit escalier, redressés par une suprême
énergie, une dernière volonté de vivre. La voix de l'autre
les poursuivait : « Jamais!... je ne les reverrai plus... *Ils
ne reviendront plus jamais!* »

Et ils eurent la perception nette qu'on soulevait la
trappe au-dessus de leur tête... Ils se détournèrent ins-
tinctivement, rentrant la tête dans les épaules, fermant les
yeux, se bouchant les oreilles.

Et c'était trop horrible... Ils préféraient décidément
risquer la mort par les chiens... Ils ouvrirent la porte et
grimpèrent, escaladèrent l'escalier, ne pensant qu'à ne
pas être rejoints par le *rayon qui assassine* ou la *chanson
qui tue*... ne pensant même plus aux chiens.

Or, les chiens n'aboyaient plus.

Les chiens devaient manger, être occupés à dévorer.

Patard et Lalouette virent la porte indiquée par *Dédé*,
la clef sur la serrure...

Et ils ne firent qu'un bond jusque-là.

... Et puis, ce fut la fuite éperdue dans les champs...
les champs à travers lesquels ils coururent, comme des
fous, au hasard, tout droit devant eux, dans le noir...
tombant, se relevant, bondissant plus loin quand ils
étaient atteints par un rayon de lune!... un rayon qui
venait peut-être, après tout, de la lanterne sourde!...

Enfin, ils arrivèrent à une route; la voiture d'un laitier passait... Ils parlementèrent, se glissèrent dans la charrette, exténués, mourants... et ils se firent conduire à la gare, cachant leur personnalité, disant qu'ils étaient égarés et qu'ils avaient eu peur de deux gros chiens qui les poursuivaient.

Juste à ce moment, on entendit aboyer affreusement les molosses, tout au loin, au fond de la nuit... On devait les avoir lâchés... on devait rechercher les visiteurs inconnus qui avaient laissé derrière eux la porte ouverte... Le géant Tobie devait organiser une battue en règle...

Mais la voiture partit à grande allure... M. Hippolyte Patard et M. Lalouette respirèrent enfin... Ils se crurent sauvés... Le grand Loustalot ne saurait jamais, n'est-ce pas? jusqu'au moment du châtiment... quels étaient ces hommes qui avaient surpris son secret.

XVIII

LE SECRET DU GRAND LOUSTALOT

La rue Laffitte était noire de monde. A toutes les fenêtres, des groupes de curieux attendaient que M. Gaspard Lalouette quittât le domicile conjugal pour se rendre à l'Académie française, où il devait prononcer son discours. C'était une fête et une gloire pour le quartier. Un marchand de tableaux, un bibelotier académicien, cela ne s'était encore jamais vu, et les circonstances héroïques au milieu desquelles se déroulait un pareil événement avaient, comme on le pense bien, fortement contribué à mettre toutes les cervelles à l'envers. Les journalistes avaient envahi les trottoirs et exhibaient à chaque instant leurs coupe-file, pour n'être point gênés dans leur reportage par l'exceptionnel service d'ordre que le préfet de police avait été dans la nécessité d'organiser. Beaucoup de ceux qui étaient là avaient formé le projet non seulement d'acclamer M. Lalouette, mais encore de l'accompagner jusqu'au bout du pont des Arts... dessein, du reste, qu'ils n'eussent pu accomplir car, depuis des heures, on ne passait plus sur le pont des Arts. Enfin, au fond de la pensée de tous gisait la crainte de la nouvelle de la mort *à laquelle il fallait bien s'attendre.*

Comme M. Lalouette continuait de rester invisible,

cette crainte ne faisait que grandir, cette angoisse augmentait avec les minutes qui s'écoulaient.

Or, tous ces gens n'avaient point vu passer M. Lalouette, attendu que le nouvel académicien était, depuis neuf heures du matin, à l'Académie, enfermé avec M. Hippolyte Patard dans la salle du Dictionnaire.

Ah! les malheureux avaient passé une nuit terrible, et c'est dans un triste état qu'ils étaient revenus chez ce petit cousin de M. Lalouette qui tenait un petit débit place de la Bastille. Là, Mme Lalouette les avait fort mystérieusement rejoints. On lui avait naturellement tout raconté, et il s'en était suivi une consultation qui avait duré plusieurs heures. M. Lalouette voulait qu'on allât tout de suite trouver la police, mais M. Patard le toucha par son éloquence et ses larmes et il fut entendu que l'on agirait fort prudemment et de telle sorte que l'esclandre, autant que possible, fût évité et que l'Académie ne s'en trouvât point déshonorée. M. Patard tentait ainsi de faire comprendre à M. Lalouette que, depuis qu'il était académicien, il avait des devoirs qui n'incombaient point au reste des hommes, et qu'il était responsable, pour sa part, telle la vestale antique, de l'éclat de cette flamme immortelle qui brûle sur l'autel de l'Institut.

A quoi M. et Mme Lalouette crurent devoir répondre que cette fonction glorieuse leur paraissait maintenant accompagnée de trop de périls pour qu'ils y tinssent beaucoup. A quoi M. le secrétaire perpétuel répliqua qu'il était trop tard pour revenir en arrière et que lorsqu'on était Immortel, *c'était jusqu'à la mort.*

« C'est bien ce qui me chagrine! » avait répondu encore M. Lalouette.

En fin de compte, comme ils étaient sûrs que le grand Loustalot ignorait qu'ils avaient surpris son secret, la situation pouvait leur paraître plutôt rassurante, plus rassurante que lorsqu'ils ne connaissaient point la cause de la mort des trois précédents récipiendaires. Mme Lalouette fit bien encore quelques réflexions mais elle était toute chaude de l'enthousiasme populaire qui assiégeait sa maison et il lui eût été douloureux de renoncer si tôt à la gloire. Il fut résolu que, dès la première heure, ces messieurs, pour n'être point dérangés, iraient s'enfermer dans la salle du Dictionnaire dont la porte serait condamnée à tous, et par conséquent au grand Loustalot. *Enfin, on acheta du coton et des lunettes bleues.*

*

Dans la salle du Dictionnaire, M. Hippolyte Patard et M. Lalouette, ayant mis le coton dans leurs oreilles et les lunettes bleues sur le nez, attendaient.

Quelques minutes seulement les séparaient du moment où la mémoire de M. Lalouette allait trouver l'occasion à jamais illustre de s'exercer pour le triomphe des lettres.

Au-dehors, une rumeur impatiente montait.

« C'est l'heure! fit soudain M. Patard; c'est l'heure », et résolument il ouvrit la porte de la salle, prenant sous son bras le bras de son nouveau collègue.

Mais la porte fut brutalement poussée, puis refermée...

Les deux hommes reculèrent en poussant un cri d'effroi.

Le grand Loustalot était devant eux.

« Tiens! Tiens! fit celui-ci, la voix légèrement tremblante, le sourcil froncé... tiens! Vous portez lunettes, maintenant, monsieur le secrétaire perpétuel? Eh! mais!... et monsieur Gaspard Lalouette aussi!... Bonjour, monsieur Gaspard Lalouette... il y a longtemps que je n'avais eu l'honneur de vous voir... Enchanté! »

Lalouette balbutia des paroles inintelligibles. M. Patard

essayait cependant de reconquérir un peu de sang-froid,
car la minute était des plus graves. Ce qui l'ennuyait,
*c'est que le grand Loustalot cachait obstinément une main
derrière son dos.*

Et le plus affreux était qu'il ne « fallait avoir l'air de
rien ». Car, à n'en pas douter, le grand Loustalot soup-
çonnait quelque chose.

M. Hippolyte Patard fit entendre une petite toux sèche
et répondit, en ne perdant pas un seul des mouvements
du savant.

« Oui, M. Lalouette et moi, nous avons découvert que
nous avions la vue un peu fatiguée. »

M. Loustalot fit un pas en avant.

Les deux autres en firent deux en arrière.

« Où avez-vous découvert cela? demanda lugubrement
le savant. *Ne serait-ce justement point chez moi, hier
soir?* »

M. Lalouette eut comme un étourdissement, mais
M. Patard, de toutes ses pauvres forces, protesta... affirmant que le grand Loustalot était le plus distrait des
hommes et qu'il ne savait au juste ce qu'il disait, car,
hier soir, ni M. Lalouette ni lui n'avaient quitté Paris.

Le grand Loustalot ricana encore, sa main toujours
cachée derrière son dos.

Et, tout à coup, son bras se détendit en avant, pour la
plus grande terreur de ces messieurs qui, d'une main,
assujettirent brusquement leurs lunettes, et, de l'autre,
le coton dans leurs oreilles, croyant voir apparaître la
petite terrible lanterne sourde ou le cher petit perce-
oreille.

Mais la main du grand Loustalot montrait un parapluie.

« Mon parapluie! s'écria M. le secrétaire perpétuel.

–– Je ne vous l'ai pas fait dire! gronda sourdement

le savant... Votre parapluie, monsieur le secrétaire perpétuel, que vous avez oublié dans le train qui vous ramenait de La Varenne!... Un employé fidèle qui vous connaît
et qui me connaît et qui nous a vus quelquefois voyager
ensemble... me l'a remis... Ah! ah! monsieur le secrétaire
perpétuel! » Le grand Loustalot s'exaltait de plus en
plus en agitant le parapluie que M. Hippolyte Patard
essayait en vain de saisir à la volée. « Ah! ah!... vous
trouvez que je suis distrait... mais le serai-je jamais autant que vous qui oubliez le parapluie le plus aimé du
monde!... Le parapluie de M. le secrétaire perpétuel!...
Ah! je l'ai soigné en vérité... comme s'il avait été mon
parapluie à moi!... »

Et le savant lança le parapluie à toute volée à travers
la pièce. L'objet fit plusieurs tours sur lui-même et alla
se briser contre la figure impassible d'Armand Duplessis,
cardinal de Richelieu.

Devant ce sacrilège, M. Patard avait commencé un
cri. Mais la figure de Loustalot était devenue si effrayante
que ce cri n'avait pu s'achever... Il resta à l'état de puissance — ou d'impuissance — dans la gorge de M. le
secrétaire perpétuel.

Ah! la fulgurante figure de démon! M. Loustalot barrait toujours le passage de la porte et agitait les bras
comme un vrai Méphisto de théâtre qui veut faire croire
qu'il a des ailes. Pour un vrai savant, c'était inouï, et
tout le monde l'eût cru toqué.

M. Patard et M. Lalouette pensèrent que c'était le
diable. Comme il avançait toujours, ils reculèrent encore.

« Allons! Allons!... Tas de voleurs! leur cria-t-il avec
un éclat qui les annihila de plus en plus... Tas de voleurs
de mon secret! Il a fallu que vous descendiez dans la
cave, hein? pendant que je n'étais pas là... comme des
gens mal élevés ou comme des tas de voleurs! Et il aurait

pu vous en cuire, vous savez!... Et les chiens auraient
pu vous manger comme des alouettes ou vous tuer comme
des mouches! Ainsi parle *Dédé*. Vous l'avez vu, *Dédé*?
Tas de voleurs!... Enlevez donc vos lunettes, tas d'imbéciles! »

Loustalot écumait. Il s'essuyait la bouche et aussi son
front en sueur à grands coups de ses mains comme s'il se
donnait des claques!

« Mais retirez donc vos lunettes! (Les autres, bien entendu, ne les retiraient pas.) Vous avez dû aussi vous
mettre du coton dans les oreilles!... Tout le bataclan!...
Toute la folie de *Dédé*!... Et qu'il me fait mes inventions
pour un morceau de pain!... Et le secret de Toth, n'est-ce
pas?... Et la lumière qui tue? et le cher petit perce-
oreille!... Toute la folie, toute la folie de Dédé!... Qu'est-ce
qu'il a bien pu ne pas vous dire?... Le pauvre cher fou!...
le pauvre cher fou!... le pauvre cher fou! »

Et Loustalot se laissant tomber sur une chaise sanglota
d'une façon si désespérée que « les deux autres » en
eurent comme un choc au cœur. Et cet immense misérable
qui, il y a une seconde à peine, leur paraissait le plus
grand criminel de la terre, leur parut, tout à coup, infiniment pitoyable. Oh! ils étaient bien étonnés de le voir
pleurer ainsi, mais ils ne s'approchèrent de lui qu'avec
prudence et en gardant leurs lunettes. Loustalot, râlant,
gémissait :

« Le pauvre cher fou!... le pauvre enfant... *mon enfant!...* Messieurs... *mon fils!...* Comprenez-vous maintenant?... mon fils qui est fou!... fou dangereux, très dange-
reusement fou... Les autorités ne m'ont permis de le
conserver chez moi que comme un prisonnier... — Un
jour, on a retiré de ses mains une petite fille qu'il avait
presque étranglée afin de reprendre dans sa gorge ce
qu'elle avait pour chanter aussi bien que cela!... Ah! il ne

faut pas le dire... C'est mon fils unique!... On me le pren-
drait!... On me l'enfermerait!... On me le volerait!... Vous
n'avez qu'à parler pour qu'on me vole mon fils!... tas de
voleurs d'enfants! »

Et il pleura!... il pleura!...

M. Hippolyte Patard et M. Lalouette le regardaient, im-
mobiles, foudroyés par cette révélation. Ce qu'ils venaient
d'entendre et la sincérité de ce désespoir leur expliquaient
le singulier et douloureux mystère de l'homme à travers
les barreaux.

Mais les trois morts?...

M. Patard posa une main timide sur l'épaule du grand
Loustalot dont les larmes ne tarissaient pas...

« Nous ne dirons rien! déclara M. le secrétaire perpétuel,
mais avant nous, il y a eu trois hommes qui, eux aussi,
avaient promis de ne rien dire... et qui sont morts. »

Loustalot se leva, étendit les bras comme s'il voulait
étreindre toute la douleur du monde.

« Ils sont morts! les malheureux!... Croyez-vous donc
que je n'en aie pas été plus épouvanté que vous?... Le
destin semblait se faire mon complice!... *Ils sont morts
parce qu'ils ne se portaient pas bien!* Qu'est-ce que vous
voulez que j'y fasse? »

Et il alla à Lalouette.

« Mais vous, monsieur... Vous! dites-moi!... Vous avez
une bonne santé? »

Avant que M. Lalouette n'ait pu répondre, la salle
était envahie par ses collègues impatients qui venaient
chercher M. le secrétaire perpétuel et son héros.

La cour, les salles, les couloirs de l'Institut étaient
pleins du plus ardent tumulte.

Malgré le coton qu'il avait enfoncé dans ses oreilles,
M. Lalouette ne perdit rien de tous ces bruits de gloire.
En somme, après la confidence dernière de Loustalot,

il pouvait passer à l'Immortalité, en toute paix et sans remords. Il se laissa porter jusqu'à l'entrée de la salle des séances publiques. Là, il fut arrêté un instant par l'encombrement et se trouva nez à nez avec Loustalot lui-même. Il estima, avant d'aller plus avant, devoir prendre une suprême précaution, et, penché à l'oreille du savant, il lui dit :

« Vous m'avez demandé si j'ai une bonne santé?... Merci, elle est excellente... je crois fermement à tout ce que vous nous avez raconté, mais en tout cas, je vous souhaite que je ne meure point, car j'ai pris mes précautions... j'ai écrit moi-même un récit de tout ce que nous avons vu et entendu chez vous, récit qui sera divulgué aussitôt après ma mort. »

Loustalot considéra curieusement M. Gaspard Lalouette, puis il répondit avec simplicité :

« Ça n'est pas vrai, *puisque vous ne savez pas lire!...* »

XIX

LE TRIOMPHE DE M. GASPARD LALOUETTE

M. GASPARD LALOUETTE ne pouvait plus décemment reculer. Déjà on l'avait aperçu dans la salle. Des bravos assourdissants saluèrent son entrée. La vue de Mme Lalouette, au premier rang, rendit au récipiendaire un peu de son courage, mais, en vérité, M. Loustalot venait de lui porter un coup terrible. Il en chancelait encore. Comment cet homme savait-il que lui, Lalouette, ne savait pas lire? Le secret en avait été cependant précieusement gardé. Ce n'était point Patard qui pouvait avoir parlé! Et Eliphas avait montré trop de joie de voir à l'Académie un monsieur qui ne savait pas lire pour compromettre sa vengeance par une indiscrétion. Eulalie était le tombeau des secrets. Alors? Comment? Comment? Il croyait « tenir » Loustalot et c'était Loustalot qui, au dernier moment, lui prouvait son impuissance.

Mais Loustalot, après tout, n'avait peut-être point mis dans sa réplique d'intention mauvaise. N'était-il point un malheureux désespéré père et un illustre savant à plaindre? Evidemment. Alors, qu'est-ce que M. Lalouette avait à craindre? — surtout avec des lunettes bleues et du coton dans les oreilles!

Lalouette se redressa devant les hommages qui l'accueillaient, qui suivaient chacun de ses pas. Il voulut

paraître fier comme un général romain au triomphe et
aussi comme Artaban. Et il y réussit. Cela, surtout, grâce
à ses lunettes bleues qui cachaient un reste d'inquiétude
dans le regard.

Il vit, à côté de lui, très tranquille et très triste, le
grand Loustalot qui semblait à mille lieues de la réunion.
Il fut, du coup, rassuré, ma foi, tout à fait. Et, la parole
lui ayant été donnée, il commença son discours, très posément, en tournant, le coude arrondi, les pages, comme s'il
lisait, bien entendu. Toute sa bonne mémoire était là...
si bonne... si bonne... qu'il débitait son « compliment » en
songeant à autre chose.

Il songeait : mais enfin, comment le grand Loustalot
sait-il que je ne sais pas lire?

Et tout à coup, se frappant brusquement le front, il
s'écria, au milieu de son discours :

« J'y suis! »

A ce geste inattendu, à ce cri inexplicable, toute la
salle répondit par une clameur. D'un unique mouvement
d'indicible angoisse, elle se souleva, penchée sur l'homme...
s'attendant à le voir pirouetter comme les autres.

Mais après avoir toussé librement pour se dégager la
gorge, M. Gaspard Lalouette déclara :

« Ce n'est rien!... Messieurs, je continue!... Je disais
donc... je disais donc : ah! je disais donc que ce pauvre
Martin Latouche, enlevé si prématurément... »

Ah! qu'il était beau et calme, le père Lalouette! et sûr
de lui, maintenant! Oh! tout à fait sûr!... Il parlait de la
mort des autres avec la tranquillité de l'homme qui ne
doit jamais mourir... On l'applaudit à faire éclater les
vitres! C'était du délire. Les femmes surtout étaient
folles! Elles arrachaient leurs gants à force de taper dans
leurs petites mains, elles cassaient des éventails, elles
avaient de petits cris aigus d'enthousiasme, d'enchante-

ment et de satisfaction — c'était extraordinaire, pour
une réception académique —, Mme Lalouette était sou-
tenue par deux amies dévouées et l'on pouvait contempler
sur son visage rafraîchi deux vrais ruisseaux de larmes
heureuses qui ne tarissaient point.

Donc M. Lalouette parlait bien.

Il avait trouvé le mot de l'énigme et rien ne l'arrêtait
plus dans son discours. Il faisait des effets de voix, de
bras et de torse.

Voici pourquoi il avait crié : « J'y suis! »

« J'y suis » parce que le fameux jour où j'étais allé tout
seul à La Varenne-Saint-Hilaire et où je m'étais enfui
de chez Loustalot comme si je m'étais échappé de Cha-
renton... ce jour-là, j'arrivai juste à la gare pour sauter
dans le train qui me ramenait à Paris. Dans le compartiment, il y avait une dame qui poussa des cris de paon.
C'était un compartiment fermé ne donnant point sur un
couloir; je vis qu'elle croyait que j'allais l'assassiner.
Plus je voulais la calmer et plus elle criait. A la station
suivante elle appela le chef de train qui me reprocha d'être
monté dans le compartiment des « dames seules ». Et
il me montra une pancarte en m'annonçant qu'il allait
dresser procès-verbal, et que j'aurais un beau procès. Heureusement j'avais dans ma poche mon livret militaire
grâce auquel j'ai pu prouver *que je ne savais pas lire!* Et
voilà... cet employé doit être le même que celui qui a
trouvé le parapluie de M. Patard et qui l'a remis à Loustalot. Aux questions de Loustalot sur mon signalement,
l'employé certainement a répondu que M. le secrétaire perpétuel voyageait avec *l'homme qui ne savait pas
lire!* »

« Messieurs... Mgr d'Abbeville était comme moi un enfant du peuple... »

A cet endroit du discours un nouveau garçon de salle

de l'Institut — car les anciens n'eussent point osé une
pareille démarche qui rappelait des précédents fâcheux,
— traversa l'enceinte sur la pointe des pieds, *une lettre à
la main.*

Quand le public vit cette lettre, une nouvelle intense
émotion s'empara de tous... On crut que cette lettre était
encore destinée au récipiendaire... et aussitôt il y eut des
cris...

« Non!... Non!... Pas de lettres!... N'ouvrez pas!... Qu'il
ne l'ouvre pas! »

Et un cri déchirant. C'était Mme Lalouette qui se trouvait mal.

M. Lalouette avait tourné la tête du côté du garçon de
salle et il avait vu la lettre... Il avait compris... *Le parfum
plus tragique* le guettait peut-être... Enfin, il avait entendu le désespoir de Mme Lalouette...

Alors, il se dressa sur la pointe des pieds et il se fit plus
grand qu'il n'avait jamais été et, dominant réellement,
au moins de toute sa force morale cette assemblée effarée,
montrant d'un doigt qui ne tremblait pas la lettre fatale :

« Ah! non! pas avec moi, fit-il... ça ne réussira pas!...
Moi je ne sais pas lire!... »

Ce fut une explosion d'allégresse folle! Ah! au moins,
celui-là était spirituel. Brave et spirituel : *Il ne savait pas
lire!* Le mot était adorable. Et le triomphe de Lalouette
fut complet. Des collègues vinrent lui secouer les mains
avec une énergie farouche, et la séance s'acheva dans un
transport d'enthousiasme merveilleux...

*

Le triomphe fut d'autant plus complet qu'en fin de
compte M. Gaspard Lalouette ne mourut pas et que
l'homme qui ne sait pas lire put définitivement s'asseoir

dans le fauteuil de Mgr d'Abbeville sans avoir été empoisonné d'aucune sorte.

La lettre n'était point à l'adresse de M. Lalouette.

Mme Lalouette revint à elle pour retrouver un mari bien vivant qui lui parut le plus beau des hommes.

Sur le tard, ils eurent un enfant du sexe masculin qu'ils appelèrent *Académus*.

*

Quant au grand Loustalot, il éprouva, peu de temps après les événements qui nous ont occupés, une grande douleur. Il perdit son fils. *Dédé* mourut.

M. Hippolyte Patard et M. Lalouette furent invités à l'enterrement qui eut lieu le soir, presque secrètement.

Au cimetière, M. Lalouette fut fort intrigué par la présence d'un mystérieux personnage qui, derrière les tombes, se glissait non loin du grand Loustalot. Quand l'illustre savant tomba à genoux, l'inconnu s'approcha et se pencha sur lui comme s'il voulait écouter, interroger cette douleur. La figure de l'homme était invisible tant elle était enveloppée du chapeau et du manteau. Tout le temps de la cérémonie, M. Lalouette se demanda : « Qui donc est celui-ci? » Car il lui semblait bien que l'allure générale ne lui était pas étrangère.

Enfin l'homme se perdit dans la nuit.

M. le secrétaire perpétuel et M. Lalouette revinrent de compagnie. Dans le train, où M. Lalouette faillit encore monter dans le compartiment des « dames seules », croyant monter dans celui des « fumeurs », les deux académiciens causèrent.

« Ce pauvre Loustalot semble avoir bien du chagrin, disait M. Hippolyte Patard.

— Oui, oui, bien du chagrin », répondit, en hochant la tête, M. Lalouette.

*

Deux ans plus tard, M. Gaspard Lalouette, se rendant
à l'Académie, traversait le pont des Arts au bras de
M. Hippolyte Patard. Soudain il suspendit sa marche :

« Voyez, dit-il, devant vous... l'homme au manteau...

— Eh bien? demanda, tout étonné, M. le secrétaire
perpétuel.

— Vous ne reconnaissez pas cette silhouette?...

— Ma foi non!...

— C'est qu'elle ne vous a pas frappé comme moi,
monsieur le secrétaire perpétuel... Cet homme n'a pas lâché
le grand Loustalot d'un pas le soir de la cérémonie, au
cimetière... et je crus bien ne pas me tromper en affirmant
que j'avais déjà vu cette silhouette-là quelque part... »

A ce moment, l'homme au manteau se retourna :

« M. Eliphas de la Nox! » s'écria M. Lalouette.

C'était bien le mage. Il s'avança vers les deux immortels et serra la main de M. Lalouette.

« Vous ici! s'exclama celui-ci, et vous ne nous avez pas
fait une petite visite? Mme Lalouette aurait été si heu-
reuse de vous serrer la main! Faites-nous donc le plaisir
de venir dîner, sans cérémonie, l'un de ces soirs, à la
maison. »

Et se tournant vers M. Patard :

« Mon cher secrétaire perpétuel, je vous présente M. Eliphas de Saint-Elme de Taillebourg de la Nox, dont la
lettre nous a si fort tracassés dans un temps. Et, à part
ça! que devenez-vous, mon cher monsieur de la Nox?...

— Mais je vends toujours mes peaux de lapin, *mon
cher académicien,* répondit avec un sourire celui qui avait
été « l'Homme de Lumière ».

— Et vous ne regrettez point l'Académie? demanda bravement M. Lalouette.

— Non, puisque vous y êtes! » répliqua doucement Eliphas.

M. Lalouette prit ces paroles pour un compliment et remercia.

M. le secrétaire perpétuel toussa.

M. Lalouette dit :

« A propos!... Figurez-vous qu'en vous apercevant, et sans vous avoir encore reconnu, je disais à M. le secrétaire perpétuel : « C'est drôle, mais il me semble bien « avoir vu cette silhouette à l'enterrement du fils du grand « Loustalot... »

— J'y étais, fit Eliphas.

— Vous connaissiez le grand Loustalot? demanda M. Patard, qui n'avait encore rien dit.

— Point personnellement, répondit sur un ton tout à coup si grave M. Eliphas de la Nox que ses deux interlocuteurs en furent comme gênés... Non, je ne le connaissais pas personnellement, mais j'ai eu l'occasion de m'occuper de lui à la suite d'une enquête que j'ai cru devoir faire pour ma satisfaction personnelle, relativement à certains faits qui ont occupé l'opinion publique dans un temps où l'on mourait beaucoup à l'Académie, monsieur le secrétaire perpétuel... »

En entendant cela, M. le secrétaire perpétuel souhaita que le pont des Arts s'entrouvrît pour mettre fin à une conversation qui lui rappelait les heures les plus néfastes de son honnête et triste vie. Il balbutia hâtivement :

« Oui, je me rappelle également vous avoir vu au cimetière... Le grand Loustalot avait bien du chagrin de la mort de son fils... »

M. Lalouette ajouta aussitôt :

« Son chagrin n'a point diminué. Nous ne l'avons plus

·revu à l'Académie depuis ce deuil cruel et il nous laisse, seuls, travailler au Dictionnaire... Ah! le pauvre homme a été bien frappé!...

— Si frappé... si frappé, répliqua soudain « l'Homme de Lumière », en penchant sa noble et mystérieuse figure sur les deux académiciens frémissants..., *si frappé que, depuis la mort de Dédé, il n'a plus rien inventé du tout!* »

Sur quoi, ayant prononcé la terrible phrase, M. Eliphas de Saint-Elme de Taillebourg de la Nox, tournant le dos à l'Institut, disparut au bout du pont des Arts...

.... Cependant que, appuyés maintenant l'un sur l'autre, comme pour se soutenir mutuellement, M. Hippolyte Patard et M. Gaspard Lalouette dirigeaient héroïquement leurs pas chancelants vers le seuil de l'Immortalité.

*

Tant qu'ils furent dehors, ils ne prononcèrent point un mot, mais aussitôt qu'ils furent enfermés dans le cabinet de M. le secrétaire perpétuel, M. Gaspard Lalouette retrouva soudain ses forces pour déclarer que sa conscience, définitivement éclaircie par les paroles tragiques de M. Eliphas de la Nox, ne lui permettait point de conserver plus longtemps un silence coupable. C'est en vain que M. Patard, des larmes dans la voix, essayait de le faire taire et plaidait encore le doute dont il voulait faire bénéficier l'abominable Loustalot, pour l'honneur de l'Académie; M. Lalouette ne voulait plus rien entendre.

« Non! Non! s'écria-t-il, c'est Martin Latouche qui avait raison! C'est lui qui a entrevu la vérité : Il n'y a pas eu de plus grand crime sur la terre!

— Si! répliqua M. le secrétaire perpétuel, éclatant à son tour, si! Il y en a eu un plus grand!

— Et lequel, monsieur?

— Celui de faire entrer à l'Académie quelqu'un qui ne sait pas lire! Ce crime, c'est moi qui l'ai commis! »

Et il ajouta, tremblant d'une fureur sainte :

« *Dénonce-moi donc si tu l'oses!* »

C'était la première fois que, depuis l'âge de neuf ans, où il avait eu le malheur de perdre sa mère, M. Hippolyte Patard usait, dans le discours, du « tutoiement ».

Cette familiarité menaçante, au lieu de calmer la discussion, ne fit que l'exaspérer davantage et les deux immortels étaient dressés l'un contre l'autre, comme deux coqs de bataille, quand un coup, frappé à la porte, les rappela au sentiment des convenances. M. Lalouette se laissa tomber dans un fauteuil, au coin du feu, et M. Patard alla ouvrir. C'était le concierge qui apportait un pli assez volumineux qu'on lui avait fort recommandé et qu'il devait remettre entre les mains mêmes de M. le secrétaire perpétuel. Le concierge s'en alla et M. Patard prit connaissance du message. D'abord il lut, sur l'enveloppe, ces mots : « A M. le secrétaire perpétuel, pour être ouvert en séance privée de l'Académie française. »

M. Patard reconnut l'écriture et tressaillit.

« Qu'y a-t-il? » demanda Lalouette.

Mais, très agité, M. le secrétaire perpétuel ne répondit pas. Le message dans les mains, il errait dans la pièce comme s'il ne savait plus ce qu'il faisait. Tout à coup, il se décida, fit sauter les cachets et déploya un assez volumineux cahier, en tête duquel il lut : « *Ceci est ma confession.* »

M. Lalouette le regardait lire, ne comprenant rien au prodigieux émoi qui s'emparait de M. Patard, au fur et à mesure que celui-ci tournait les pages du mystérieux dossier. La figure de l'honorable académicien perdait peu à peu cette belle couleur jaune par laquelle elle avait accoutumé de traduire les émotions funestes de ce cœur dévoué à la plus glorieuse des institutions. M. Patard était main-tenant plus pâle que le marbre qui devait, un jour, par-delà le trépas, commémorer ses traits immortels, sur le seuil de la salle du Dictionnaire.

Et M. Lalouette vit soudain M. Patard qui jetait, d'un geste délibéré, tout le dossier au feu.

Après quoi, ledit Patard, ayant assisté, immobile, à son petit incendie, se dirigea vers son complice et lui tendit la main :

« Sans rancune, monsieur Lalouette, lui dit-il, nous ne nous disputerons plus. C'est vous qui aviez raison. Le grand Loustalot était surtout un grand misérable. Ou-blions-le. Il est mort. Il a payé sa dette, lui! mais vous, mon cher Gaspard, quand paierez-vous la vôtre? Ça n'est pourtant pas bien difficile à apprendre : B A : BA, B E : BE, B I : BI, B O : BO, B U : BU! »

TABLE

ŒUVRES DE GASTON LEROUX

Le Chateau noir.
Sur mon chemin.
La Double Vie de Théophraste Longuet.
Rouletabille chez le Tsar.
Les Héros de Chemulpo.
Le Mystère de la chambre jaune.
Le Parfum de la Dame en noir
Le Fantôme de l'Opéra.
Le Fauteuil hanté.
L'Homme qui revient de loin.
Le Cœur cambriolé.
L'Homme qui a vu le Diable.
Les Etranges Noces de Rouletabille.
Rouletabille chez Krupp.
Les Cages flottantes.
Chéri-Bibi et Cécily.
Palas et Chéri-Bibi.
Fatalitas!
Le Coup d'État de Chéri-Bibi.

THÉÂTRE

La Maison des Juges.
Pièce en trois actes représentée à l'Odéon.
Le Lys.

Les policiers du Livre de Poche

Extrait du catalogue général

Le Livre de Poche

Policier

(Extrait du catalogue)

Alfred Hitchcock *présente*

Une anthologie prestigieuse, un panorama des plus talentueux auteurs de nouvelles policières contemporaines.

Roy Vickers : *Service des Affaires classées*

« Si vous n'avez encore jamais lu une histoire du *Service des Affaires classées,* je vous envie pour cette première lecture.

Vous êtes devant un seuil qui va vous révéler une grande découverte en littérature policière; vous frappez à la porte qui va s'ouvrir sur un trésor; et dans un instant, vous serez assis dans une pièce fabuleuse où — par personne interposée — vous allez être mêlé aux crimes les plus mémorables à jamais perpétrés sur le papier... »

Ellery Queen.

Charles Exbrayat

Une œuvre passionnante. Par l'un des grands maîtres du roman policier actuel : des personnages inoubliables, de terribles révélations, de l'humour.

P.D. James

Mélange d'*unterstatement* britannique et de sadisme, d'analyse sociale et d'humour, alliant l'art du suspense à celui du portrait, l'œuvre fascinante de la grande dame du roman policier actuel.

Ruth Rendell

Entre Agatha Christie et Patricia Highsmith, l'une des « impératrices » du crime.

Elmore Leonard

Des scènes aux enchaînements rapides, des dialogues percutants. Un maître du roman noir, salué par *Newsweek* comme l'un des meilleurs écrivains américains vivants.

Des œuvres de Bachellerie, Borniche, Agatha Christie, Coatmeur, Dickinson, Conan Doyle, Ellin, Goodis, Irish, Jaouen, Leblanc, Lecaye, Leonard, Leroux, Lovesey, Mcdonald, McGivern, Millar, Réouven, Siniac, Steeman, Thompson, Thomson, Vachss...

Le Livre de Poche
Thrillers
(Extrait du catalogue)

•

Karl Alexander
C'était demain...
H. G. Wells à la poursuite de Jack l'Éventreur.

Michel Bar-Zohar
Enigma
Fils d'escroc, voleur lui-même, le « Baron » oppose son charme et sa bravoure à la Gestapo.

Peter Benchley
Les Dents de la mer
Croque en jambes mortels...

William Blankenship
Mon ennemi, mon frère
L'assassin et son double : une vraie salade de têtes !

Arnaud de Borchgrave - Robert Moss
L'Iceberg
La face cachée du K.G.B., l'hydre qui sort ses têtes par tous les médias.

Thierry Breton
Vatican III
Les nouvelles bulles du pape : des satellites...

Thierry Breton - Denis Beneich
Softwar
L'ordinateur promu cheval de Troie de l'Occident. Logique ? Ciel...

Gerald A. Browne
19 Purchase Street
Des monceaux de billets verts blanchis... Argent sale et colère noire.

Jean-François Coatmeur
La Nuit rouge
« S'est jeté » ou « a été jeté » du haut d'un pont ? De la grammaire appliquée à coups de crosse.

Yesterday
Le Juge se meurt mais la République vivra.

Bernard F. Conners
La Dernière Danse
Vingt ans après, le cadavre d'une jeune fille remonte à la surface du lac Placid...

Robin Cook
Vertiges
Des expériences criminelles à donner la migraine.

Fièvre
Seul contre un empire : pour sauver sa fille, un homme s'attaque à toute l'industrie médicale.

Manipulations
Psychotropes dans les mains de psychopathes : des manipulations terriblement vraisemblables...

James Crumley
La Danse de l'ours
Entubé, le détective narcomane !

Martin Cruz Smith
Gorky Park
Dans ce fameux parc de culture, des cadavres poussent soudain sous la neige...

Clive Cussler
L'Incroyable Secret
La mort prend le train.

Panique à la Maison Blanche
Un naufrage qui pourrait bien être celui du monde libre.

Cyclope
De la mer à la lune... Les services secrets polluent toutes les atmosphères.

Robert Daley
L'Année du Dragon
Chinatown : une ville dans la ville, une mafia d'un tout autre type.

William Dickinson
Des diamants pour Mrs. Clark
Transports de haine, de jalousie... et de diamants.

Mrs. Clark et les enfants du diable
Pour sauver son fils, Mrs. Clark sort ses griffes.

Ken Follett
L'Arme à l'œil
1944. Chasse à l'espion pour un débarquement en trompe l'œil.

Triangle
1968. Seul contre tous, un agent israélien emporte sous son bras 200 tonnes d'uranium.

Le Code Rebecca
1942. Le Caire. Lutte à mort contre un espion allemand armé... d'un roman !

Les Lions du Panshir
Un trio explosif va régler ses comptes en Afghanistan.

Colin Forbes
Le Léopard
Un très sale coup d'Etat menace la France et le monde.

Frederick Forsyth
L'Alternative du Diable
Entre deux maux, le cœur du Président balance.

Le Quatrième Protocole
Le Royaume-Uni gravement menacé de désunion.

Christian Gernigon
La Queue du scorpion
Course contre la montre... et la cyanose.

José Giovanni - Jean Schmitt
Les Loups entre eux
Engage tueurs à gros gages... et que ça saute !

William Goldman
Marathon Man
Quand on n'a pas de tête, il faut avoir des jambes... et du cœur au ventre...

Michel Grisolia
Haute mer
Des hommes et des femmes sur un bateau : tempête sous les crânes.

Joseph Hayes
La Nuit de la vengeance
La vengeance est un plat qu'on met huit ans à préparer et qui se mange en une nuit.

Jack Higgins
L'Aigle s'est envolé
L'opération la plus folle qui soit sortie du cerveau d'un dément célèbre : Hitler.

Solo
L'assassin-pianiste a fait une fausse note : il a tapé sur la corde sensible d'un tueur professionnel.

Le Jour du jugement
Le piège était caché dans le corbillard...

Luciano
Lucky Luciano et la Mafia embauchés par les Alliés... Une histoire ? Oui, mais vraie.

Exocet
Bombe sexuelle pour désamorcer missiles ennemis.

Confessionnal
Le tueur se rebiffe. Le Pape pourrait bien en faire les frais.

Mary Higgins Clark
La Nuit du renard
Course contre la mort, tragédie en forme de meurtre, de rapt et d'amour.

La Clinique du docteur H.
Sous couvert de donner la vie, le docteur H. s'acharnerait-il à la retirer ?

Un cri dans la nuit
Le conte de fées tourne à l'épouvante...

La Maison du guet
Chassez le passé, il revient au galop.

Patricia Highsmith
La Cellule de verre
Au trou. Six ans. Pour rien. Par erreur. Mais quand il en sort...

L'Homme qui racontait des histoires
Réalisation d'un rêve criminel ou l'imagination au pouvoir ? Allez savoir...

Stephen Hunter
Target
Vingt ans après...

William Irish
Du crépuscule à l'aube

La Toile de l'araignée
La mort six fois recommencée, six fois réinventée...

William Katz
Fête fatale
La surprise-partie tourne à la mauvaise surprise.

Stephen King
Dead Zone
Super-pouvoir psychologique contre super-pouvoir politique... super-suspense.

Laird Kœnig
La Petite Fille au bout du chemin
Arsenic et jeunes dentelles...

Laird Kœnig - Peter L. Dixon
Attention, les enfants regardent
Quatre enfants, sages comme des images d'horreur.

D. R. Koontz
La Nuit des cafards
Violée par un mort...

Bernard Lenteric
La Gagne
Une singulière partie de poker : elle se jouera avec et sans cartes.

La Guerre des cerveaux
Trois têtes de savants pour démasquer de savants tueurs de têtes.

Robert Ludlum
La Mémoire dans la peau
Il a tout oublié. Traqué par des tueurs, un homme se penche avec angoisse sur son passé.

Le Cercle bleu des Matarèse, t. 1 et 2
Deux ennemis mortels se donnent la main pour en combattre un troisième.

Osterman week-end
Privé de son repos dominical par de redoutables espions soviétiques.

La Mosaïque Parsifal
Des agents très au courant, branchés pour faire sauter la planète.

L'Héritage Scarlatti

Mère courage et fils ingrat s'affrontent pour un empire et pour la République.

Le Pacte Holcroft

700 millions de dollars : de quoi faire battre des montagnes, a fortiori des services secrets.

La Progression Aquitaine

Des généraux trop gourmands... Un avocat va leur faire manger la poussière.

Nancy Markham

L'Argent des autres

Les basses œuvres de la haute finance.

Laurence Oriol

Le Tueur est parmi nous

Grossesses très nerveuses dans les Yvelines : un maniaque sexuel tue les femmes enceintes.

Bill Pronzini

Tout ça n'est qu'un jeu

Un jeu peut-être, mais un jeu de vilains.

Bob Randall

Le Fan

Fou d'amour ou fou tout court ?

Francis Ryck

Le Piège

Retour à la vie ou prélude à la mort ?

Le Nuage et la Foudre

Un homme traqué par deux loubards, bien décidés à lui faire passer le goût du pain et du libertinage

Pierre Salinger - Leonard Gross

Le Scoop

Les services de renseignements ne sont malheureusement pas là pour renseigner les journalistes.

Brooks Stanwood

Jogging

Sains de corps, mais pas forcément sains d'esprit...

Edward Topol

La Substitution

Deux colonels Yourychef ? C'est trop d'un, camarade !

Edward Topol - Fridrich Neznansky

Une disparition de haute importance

Toutes les polices de l'U.R.S.S. à la poursuite d'un journaliste disparu. Du sang, de la « neige » et des balles.

Irving Wallace

Une femme de trop

Sosie rouge à la Maison Blanche.

David Wiltse

Le Baiser du serpent

Serpent à deux têtes, se déplaçant la nuit sur deux pattes, et dont le baiser est mortel.

IMPRIMÉ EN FRANCE PAR BRODARD ET TAUPIN
Usine de La Flèche (Sarthe).
LIBRAIRIE GÉNÉRALE FRANÇAISE - 6, rue Pierre-Sarrazin - 75006 Paris.

ISBN : 2 - 253 - 00610 - 6   ✛ 30/1591/4